the Gentlemen's Alliance Cross 2

種村有菜 ARINA TANEMURA

×SOMMAIRE×

the Gentlemen's Alliance Cross
Chapitre 5 × AMI 06

Présentation des personnages principaux

USHIO AMAMIYA

Secrétaire
Amie de Hainé. Elle est belle.

HAINÉ OTOMIYA

Garde du corps de l'Empereur et chargée des affaires courantes
Une jeune fille dynamique, amoureuse de Shizumasa.
C'est une ancienne délinquante.
Elle devient la fille adoptive des Otomiya en CM1.

SHIZUMASA TÔGÛ

Président du conseil des élèves
Il est le plus riche de l'Académie et on l'appelle l'"Empereur".

MAORA

Chargée de projets et trésorière
Amie d'enfance de Maguri.

MAGURI TSUJIMIYA

Vice-président
Il est amoureux de l'Empereur.

the Gentlemen's Alliance Cross

Hainé Otomiya est une ancienne délinquante pêchue qui fréquente la célèbre Académie impériale. Elle est amoureuse de Shizumasa Tôgû, surnommé l'Empereur, l'élève le plus riche et le plus puissant de l'Académie. Il est pour elle un rêve inaccessible. L'Académie impériale est une célèbre et riche institution. Les élèves sont séparés selon leur richesse en trois catégories : bronze, argent et or. Hainé, fille adoptive des Otomiya au bord de la faillite, appartient au groupe "Bronze". Mais lors de l'affaire de l'enlèvement de l'Empereur, elle intègre exceptionnellement le conseil des élèves et devient quelqu'un d'important. Son admission au conseil malgré son statut de "Bronze" suscite des jalousies. Un article scandaleux à son sujet est prêt à paraître dans le journal de l'Académie. Shizumasa collabore avec les Hérétiques et étouffe l'affaire. Émue par sa gentillesse, Hainé en tombe encore plus amoureuse et lui avoue son passé qu'elle avait gardé secret. Cela provoque un changement dans le cœur du jeune homme !! Pour que les filles laissent tranquille Shizumasa, le garçon le plus populaire de l'Académie, Hainé va faire semblant d'être sa petite amie !!

Résumé du volume 1

Chapitre 5 X Ami 06

Le teaser

Amoureux même séparé.

Le chapitre 5 est consacré aux diverses "amitiés".
Il s'agit des relations entre "Shizumasa et Maguri", "Hainé et Ushio", "Riiko et Tsukasa", "Hainé, Riiko et Tsukasa", "Hainé et Maora" et "Hainé et Maguri". Il y en a beaucoup.
Mais l'histoire tourne principalement autour de la relation entre Hainékko* et Ushio.
Ces deux là s'apprécient beaucoup, mais il existe un décalage entre elles.
Hainé a besoin de mots même si elle est loin d'Ushio.
Et Ushio a besoin d'actes et non de paroles de la part de Hainé.
Hmm... Elles ne sont pas synchrones. Vont-elles y arriver un jour ?
L'illustration de la page de titre de ce chapitre montre deux hommes.
(Elle va de pair avec celle du chapitre 4 qui est un dessin de trois garçons mignons.)
J'ai choisi la phrase du teaser pour rigoler.
Mais je suis étonnée de constater qu'il y en a vraiment beaucoup qui apprécient l'amour entre Shizumasa et Maguri. (Royal !!)
J'ignore tout de l'amour entre deux hommes.
Donc, je m'amuse à créer cette histoire à tâtons.
J'aimerais trouver ma propre réponse.

* "PETITE HAINÉ" EN JAPONAIS.

SS
しゅっ
TAC
キュッ
À PARTIR...
... DE CE JOUR...

... HAINE OTOMIYA EST LA "PLATINE" DU 48e EMPEREUR, SHIZUMASA TÔGÛ.
LES CHOSES PRENNENT UNE TOURNURE TROP IMPORTANTE...
OH ! BONJOUR, MADEMOISELLE HAINE.
わた Panique
わた Panique
わた Panique
PLATINE !!
PLATINE !
COMMENT ALLEZ-VOUS ?
HUN !
HUN !
HUN !
OH ! MADEMOISELLE HAINE !
UNE PLATINE NE PEUT S'ATTELER À DE PETITES TÂCHES.
NOUS ALLONS FAIRE LE MÉNAGE À VOTRE PLACE.
MADEMOISELLE HAINE.
OH ! C'EST PLATINE !
PLATINE !
OH ! MADEMOISELLE HAINE !
MADEMOISELLE HAINE !
PLATINE !
AARGH ! ASSEZ !!!

QUE SE PASSE-T-IL ?
FROTTE
わしゃ
ILS M'APPELLENT "PLASTIQUE" OU ENCORE "PRINCESSE HAINE" !!
DIRE QUE TOUT LE MONDE M'IGNORAIT JUSQU'À HIER !!
DES INCONNUS M'ADRESSENT LA PAROLE !
わしゃ
わしゃ
FROTTE
FROTTE
Elle a pris une douche, car tout ça la fait transpirer.
TU VEUX DIRE "PLATINE" ?
JE TE FAIS REMARQUER QUE PERSONNE NE T'A APPELÉE "PRINCESSE".
"PLASTIQUE", C'EST JUSTE ÊTRE LA PETITE AMIE DE L'EMPEREUR, NON ?
C'EST DÉJÀ PAS MAL.
ON ME TRAITE COMME SI J'AVAIS ÉPOUSÉ SHIZUMASA !!
C'EST "PLATINE".
C'EST TOUT COMME ! 92 % DES PLATINE ONT ÉPOUSÉ LEUR EMPEREUR.
ILS PENSENT TOUS QUE TU SERAS LA FUTURE MADAME TÔGÛ.
HEIN !?
ME MARIER AVEC SHIZUMASA...
Tu es belle.
Waouuuh !
Note : Il ne dirait pas ça.

Bonjour !! ♥

Hello !
Ça fait un petit moment.
C'est Arina Tanemura.

Salut.

Miaou ?

✿ Voici enfin le volume 2 de "The Gentlemen's Alliance Cross". Je suis ravie !! Chaque mois, quand on dessine petit bout par petit bout, chaque jour est une bataille. Alors, ça fait plaisir de voir son oeuvre réunie dans un volume.

✿ Cette fois, les colonnes (ce que vous êtes en train de lire en ce moment) sont dédiées principalement à mes dernières nouvelles. Même si je n'ai pas grand-chose à raconter, vu que je ne fais que dessiner des mangas...

✿ Je reprendrai la présentation des personnages, quand il y en aura un peu plus.

✿ J'ai subi une petite intervention chirurgicale. (Vous en saurez plus dans les pages suivantes dans le style "Penshaki*")

✿ Il se passe un tas de choses dans ce volume 2. J'espère que vous les apprécierez !

* LES COLONNES DU MANGA "FULLMOON WO SAGASHITE" S'INTITULENT "PENCHI DE SHAKIN", PENSHAKI EN EST L'ABRÉVIATION.

EN PLUS, AVEC MON BIDON !! AVEC MON TAUX DE MASSE GRAISSEUSE...
... JE NE POURRAI JAMAIS PORTER DE ROBE DE BAL !!
AOUTCH !!
En fait, je suis à plus de 30% !!
Pieds tournés en dedans.
ON SE DÉBROUILLERA !
That's all right!
TANT QUE MAORA EST À TES CÔTÉS...
... TON AVENIR EST RADIEUX, HAINE !!
VRAIMENT !?
QUEL EST TON PRINCIPAL SOUCI ?
J'IGNORE POURQUOI MAIS MON PETIT FRÈRE NE M'ADRESSE PLUS LA PAROLE.
Je suis triste.
OH ! TU PARLES DE KUSAME...
Il est chou.
QUOI !? TU CONNAIS KUSAME, MAORA !?
Oui.
D'ailleurs...

VIUUU
ビュー
VIUUU
ビュー
ビュ
VIUUU
ビュー
VIUUU
ビュ
POUR ÊTRE FRANC, JE SUIS CONTENT QUE HAINE SE SOIT PROPOSÉE.
CELA FERA CESSER LES RUMEURS ÉTRANGES À TON SUJET.
HAINE...
POUR UNE FAUSSE PETITE AMIE, ELLE S'ADAPTE BIEN VITE.
CLANG
カチャ
JE SUIS NAVRÉ QUE TU N'AIES PAS PU AVOIR DE PETITE AMIE JUSQU'À PRÉSENT À CAUSE DE MOI.

QUE PENSES-TU DE MAORA ?
JE TROUVE QUE VOUS FERIEZ UN JOLI COUPLE.
POURQUOI ME DIS-TU UNE CHOSE PAREILLE ?
Cling
QUAND EST-CE QUE JE ME SUIS PLAINT D'ÊTRE TON FAUX PETIT AMI ?
!
TU SAIS BIEN QUE MOI...
JE T'...
Snif!

ぱっちん!
CLAC
TiENS !
あっ
Oh !
HE ! MAGURi !
TU N'ES QU'UN BOURREAU DES COEURS, SHIZUN !!
JE T'ADOOOOO-RE !!
だっ
TAAAP
わあああんっ
Ouiiin !
iL ÉTAiT DONC VRAiMENT AMOUREUX.
Ses paroles dévoilent toute la complexité de ses sentiments.
QUAND ON A ENViE QUE QUELQU'UN NOUS COMPREN-NE MiEUX...
... iL ARRiVE PARFOiS DE DiRE CE QUE L'ON A SUR LE COEUR.
EST-CE QUE ÇA VA, SHIZUMASA ?
Ta joue...
NE ME TOUCHE PAS. JE N'AI RiEN.
QU'EST-CE QU'iL LUi A PRiS ?
C'EST AUSSi ÇA, L'AMiTiÉ.

PEUT-ÊTRE QUE MAGURI CROIT...
... QUE TU NE VEUX PLUS QU'IL SOIT TON FAUX PETIT AMI PARCE QUE TU NE L'APPRÉCIES PLUS.
JE VOIS.
Hmm...
JE SUIS BIZARRE ? C'EST MOI QUI SUIS LA CAUSE DE TOUT ÇA.
Pourquoi je le défends ?
MAIS SI MAGURI EST VRAIMENT AMOUREUX, JE NE LE COMPRENDS QUE TROP.
JE NE PEUX PAS LE LAISSER.
ON VEUT ÊTRE QUELQU'UN DE "SPÉCIAL" POUR SHIZUMASA.

S'IL N'Y A PAS UN MOT POUR NOUS LIER À LUI...
... COMME "AMIE" OU "PETITE AMIE", ÇA NOUS ANGOISSE.
UNE INTERVIEW DE PLATINE POUR LE SITE INTERNET DE L'ACADÉMIE !?
C'EST NON.
JE REFUSE.
C'EST UNE DEMANDE DE MULTI, NON ?
IL M'A DÉJÀ FAIT TRÈS MAUVAISE IMPRESSION.
Ne dis pas ça !!
CELA FAIT PARTIE DU TRAVAIL DE PLATINE !
COURAGE !!
Dico de Hainé
"Multi"
1) Abréviation de "club multimédia".
2) Personnes ayant dévoilé mon passé caché.
3) Ils utilisent des ordinateurs "Mo"*. (C'est répugnant.)
* LES "MO" NE SONT PAS DES ORDINATEURS.

VLAN
ガラ
MÊME S'IL N'Y A PAS DE FEU, NOUS FAISONS DE LA FUMÉE !! LA DURÉE DE VIE D'UN SUJET N'EST QUE DE 75 JOURS !!
TAC
VLAN
ガラ
EXACTEMENT ! NOUS ENQUÊTONS SUR LE BIEN-FONDÉ DES RUMEURS QUI INTÉRESSENT LES ÉLÈVES !!
NOUS SOMMES CONTINUELLEMENT À LA RECHERCHE DE SCANDALES CONCERNANT LES MEMBRES DU CONSEIL DES ÉLÈVES !! NOUS ÉDITONS ÉGALEMENT LE JOURNAL DE L'EMPEREUR !!
DOOOM
Présidente, Tachimiya
NOUS SOMMES LE CLUB MULTIMÉDIA !!
JE T'INTERVIEWE SUR-LE-CHAMP !!
PST ! PST ! PST !
TU FERAIS MIEUX DE QUITTER L'EMPEREUR, NON ?
EN VOILÀ UNE QUI M'A L'AIR BIEN GRATINÉE !!

SHIZUMASA DOIT VIVRE UN AMOUR HOMOSEXUEL INTERDIT. ♡ AVEC MAGURI !!
CLING
CLING
SHIZUMASA EST INTELLIGENT ! IL EST PARFAIT !! MAIS L'EMPEREUR PARMI LES EMPEREURS A UNE DÉVIANCE SEXUELLE CACHÉE !! SO DANGEROUS !!
IL ÉPROUVE BIEN PLUS QUE DE L'AMITIÉ À L'ÉGARD DE SON VICE-PRÉSIDENT QUI LE SOUTIENT. CETTE RELATION ENTRE CES DEUX JOLIS GARÇONS EST VRAIMENT TROP CROUSTILLANTE !!
CLING CLING
ELLE A ÉNONCÉ D'UNE TRAITE SON DÉSIR, SON IDÉAL ET SON FANTASME.
POURRITURE.
ELLE FAIT PEUR -
JE NE FAIS QUE TE DONNER UN CONSEIL, PLATINE.
MIEUX VAUT QUE TU T'EN TIENNES À TON RANG.
SI L'EMPEREUR A UN PETIT AMI, PERSONNE NE PREND ÇA AU SÉRIEUX.
MAIS S'IL A UNE PETITE AMIE, CE N'EST PAS PAREIL.
LA FUTURE MADAME TÔGÛ, UNE EX-DÉLINQUANTE !? TU SERAS LA RISÉE DE LA HAUTE SOCIÉTÉ.
CELA NUIRA PEUT-ÊTRE MÊME À LA RÉPUTATION DE SHIZUMASA.
VLAN

HAINÉ EST "BRONZE", MAIS ELLE N'EST PAS COMME NOUS !
ELLE EST UNE VRAIE JEUNE FILLE DE BONNE FAMILLE ! LE SANG DES KAMIYA COULE DANS SES VEINES !!
Je le sais.
DANS CE CAS, ELLE N'A QU'À RETOURNER CHEZ LES KAMIYA.
Nous avons enquêté sur le sujet.
ELLE N'A QU'À SE FAIRE TRANSFÉRER À NOUVEAU.
GRR !
BAM
JE NE RETOURNERAI PAS LÀ-BAS !
RIIKO ! TSUKASA !

C'EST...
JE N'Y RETOURNERAI PAS.
C'EST SHIZUMASA QUI M'A CHOISIE.
JE N'Y RETOURNERAI PAS.
LUI SEUL A LA POSSIBILITE DE ME REVOQUER !
JE NE RETOURNERAI PAS...
CE N'EST PAS LA NAISSANCE QUI COMPTE POUR UNE PLATINE !!
...DANS CETTE MAISON !!
MAIS SA TECHNIQUE POUR SOUTENIR L'EMPEREUR !!
SA TECHNIQUE?
Technique :
1) Qui appartient à un domaine particulier.
2) Ensemble de moyens utilisés pour produire une oeuvre ou un résultat donné.
Hein ?

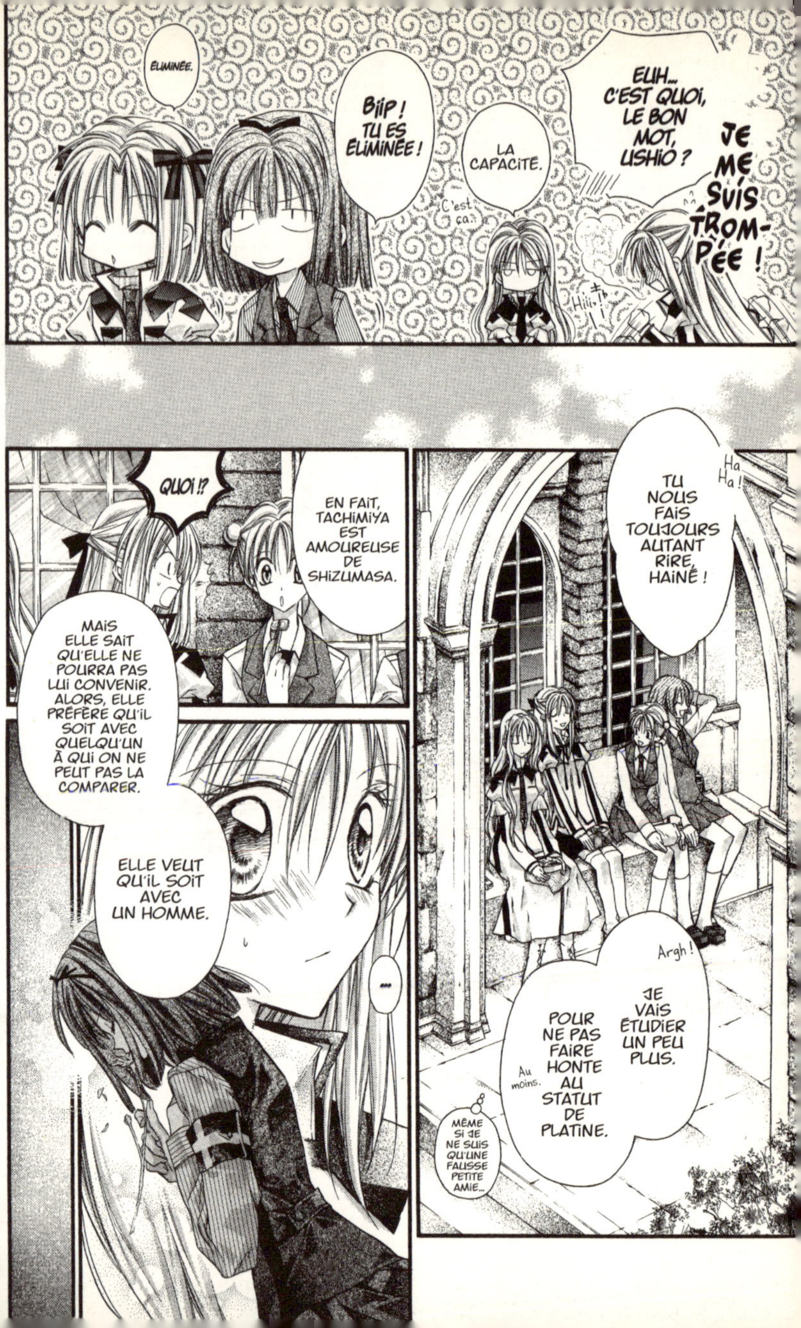

EUH... C'EST QUOI, LE BON MOT, USHIO ?
JE ME SUIS TROMPÉE !
Hiii... !
LA CAPACITÉ.
C'est ça.
BIIP ! TU ES ÉLIMINÉE !
ÉLIMINÉE.
TU NOUS FAIS TOUJOURS AUTANT RIRE, HAINÉ !
Ha Ha !
Argh !
JE VAIS ÉTUDIER UN PEU PLUS.
POUR NE PAS FAIRE HONTE AU STATUT DE PLATINE.
Au moins.
MÊME SI JE NE SUIS QU'UNE FAUSSE PETITE AMIE...
EN FAIT, TACHIMIYA EST AMOUREUSE DE SHIZUMASA.
QUOI !?
MAIS ELLE SAIT QU'ELLE NE POURRA PAS LUI CONVENIR. ALORS, ELLE PRÉFÈRE QU'IL SOIT AVEC QUELQU'UN À QUI ON NE PEUT PAS LA COMPARER.
ELLE VEUT QU'IL SOIT AVEC UN HOMME.
...

ON NE PEUT PAS SAVOIR SI ON CONVIENT À UNE PERSONNE TANT QU'ON NE SORT PAS VRAIMENT AVEC ELLE.
Pfft !
C'EST VRAI.
T'ES LOURDE, TSUKASA.
C'EST POUR ÇA QU'ELLE EST MORTE DE JALOUSIE EN VOYANT QUE TU Y ES PARVENUE.
C'EST DE LA VENGEANCE ET DU DÉNI DE RÉALITÉ !
TSUKASA !!
TACHIMIYA EST JUSTE TRÈS ENVIEUSE. LA PAUVRE ! NE SOIS PAS SI MÉCHANTE AVEC ELLE !
GLOU
LAIT
ON DIRAIT QUE TU DÉFENDS TACHIMIYA, MAIS EN FAIT, TU TE MOQUES D'ELLE, RIIKO !
QUOI QU'IL EN SOIT, TU DOIS GARDER LA TÊTE HAUTE, HAINE.
C'EST VRAI ! C'EST TROP DUR QUAND TOUT LE MONDE TE REGARDE AVEC PITIÉ.
TSUKASA !!
SPLASH

FSHHH
じゅ
USH...
... USHIO !?
REPAS AU LAIT
Vaguelettes
POF
JE VOUS LAISSE.
U... USHIO !! ATTENDS !!
AAAH...
あわわわ
TAP
スタ
TAP
スタ
あわわわ
AAAH...
DÉSOLÉE, RIIKO ! TU PEUX MANGER MON REPAS !!
ON SE RETROUVE EN CLASSE !
Euh...
えーと
Attends-moi !
SEULES

Style Penshaki

✿ Arina a un caillou au cou ✿

Une protubérance très dure
s'est formée sur mon cou...
(Est-ce une boule de graisse
comme on en entend
souvent parler ?)
Étant plutôt confiante
dans ma santé,
je ne m'en suis pas préoccupée.
J'aime assez les hôpitaux,
mais j'étais débordée
avec ma série.

Je n'avais pas mal.
Je comptais aller consulter
quand j'aurais plus de temps.
Et, six mois se sont écoulés...

Et, un jour de mai
(soit quatre jours avant
que j'écrive ces lignes),
j'ai rendu mes planches
et mon éditeur partait
pour le week-end.
Je me suis dit que c'était
l'occasion rêvée !

À suivre →

JE T'ADORE, TSUKASA !!
TAC
PLUS QUE QUICONQUE !!
BILIP BILIP
ピルルルル
BILIP BILIP
ピルルルル
BILIP BILIP
ピルルルル
BILIP BILIP
ピルルルル
FONA
HAINÉ OTOMIYA
TIP
ピッ
OUI ?
TU SAIS, RIIKO ET TSUKASA...
... NE SONT PAS REVENUES PARCE QUE JE SUIS PLATINE.
JE SAIS.
USHIO... QUE T'ARRIVE-T-IL ?
TU ES FÂCHÉE ?
ÇA NE T'A PAS PLU QUE JE LEUR PARLE COMME SI DE RIEN N'ÉTAIT ?
...

TU SAIS...
TOUT ÇA NE ME FAIT RIEN PARCE QUE TU ES LÀ, USHIO.
NE...
... L'OUBLIE PAS.
TIP ピッ
C'EST PARCE QUE TU ES À MES CÔTÉS...
... QUE JE PEUX CONTINUER DE SOURIRE QUAND MES COPINES ME DÉLAISSENT OU REVIENNENT VERS MOI.

MOI...
JE N'AI BESOIN QUE DE TOI, HAINE.

ALORS, TOI AUSSI, HAINE...
... TU NE DEVRAIS AVOIR BESOIN QUE DE MOI.
HMM...
JE VOIS...
ELLE EST QUAND MÊME TRÈS BELLE.
UN JOUR...
TAC

MA MÈRE A DIT...
... "SI TU PEUX TE SACRIFIER POUR SAUVER UNE AMIE QUI MANQUE DE SE FAIRE ÉCRASER PAR UNE VOITURE...
... TON AMITIÉ EST VÉRITABLE."
TU IGNORES À QUEL POINT...
... TU COMPTES POUR MOI.
C'EST JUSTE QUE TU NE LE SAIS PAS, USHIO.
RENONCE À SHIZUN.

IL M'A DIT QU'IL TE DÉTESTAIT.
JE NE DIS PAS ÇA PAR DÉPIT.
C'EST LA VÉRITÉ.
TU MENS.
CRR
S'IL ME DÉTESTAIT...
... IL NE M'AURAIT PAS CHOISIE COMME FAUSSE PETITE AMIE.
TU T'EN APERCEVRAS VITE.

IL PARAIT QUE TU AS FAIT D'ELLE UNE PLATINE ?
C'EST SÉRIEUX ?
FLAP
C'EST TOI QUI AS INTÉGRÉ HAINE DANS LE CONSEIL DES ÉLÈVES, N'EST-CE PAS ?
OUI. C'EST PLUS SIMPLE...
... POUR LA SURVEILLER.
FLAP
NE T'INQUIÈTE PAS.
CE N'EST QU'UN JEU.

MAIS UN JEU SÉRIEUX.
JE VAIS DEVOIR FAIRE UN RAPPORT.
IL SERAIT PRÉFÉRABLE DE FAIRE PLUS ATTENTION À TA POSITION.
BAM
TU N'AS QU'À TE CONTENTER D'ÉCOUTER CE QUE JE TE DIS.

C'EST BIENTÔT LA FÊTE DU SPORT. DEMAIN, IL Y A UNE ASSEMBLÉE GÉNÉRALE POUR L'ORGANISER.
VOILÀ POURQUOI NOUS FAISONS UNE RÉUNION PRÉALABLE DU CONSEIL !!
SILENCE
OH ! VOUS M'AVEZ L'AIR TOUS ENDORMIS ! DANS CE CAS, MAORA VA SE FAIRE DES CRÊPES ET LES MANGER !
TIENS ?
Liste des noms
C'EST "YUKI" TON VRAI PRÉNOM, MAORA ?
NON. ÇA SE LIT "YOSHITAKA".
YOSHITAKA ? ON DIRAIT UN PRÉNOM DE GARÇON.
C'EST NORMAL. JE SUIS UN GARÇON.
HEIN ?

YOSHITAKA ICHINOMIYA
FFF!
きょるんっ
ÇA NE SE VOIT PAS, MAIS JE SUIS UN GARÇON.

AOUTCH !
UN GAR-ÇON...
Il m'a vue en petite culotte.
Pieds tournés en dedans.
UN GAR-ÇON ...?
Il sait que mon taux de masse graisseuse craint un max !!
AOUTCH !
UN GARÇON !!?
ROUGE
VOICI TA CRÊPE, HAINE.
Brrr !
AAAH !! JE DOIS ALLER VOIR LE FACTEUR ! IL M'A DEMANDÉ DE L'AIDER !!
TAP
TAP
DÉSOLÉE, MAORA !!

HAiNE...
Chapitre 5 × FIN

the Gentlemen's Alliance Cross
Chapitre 6 × JE T'AIME TELLE QUE TU ES

Chapitre 6 x Je t'aime telle que tu es

Le teaser

Je ne peux vivre qu'en étant honnête.

C'est une page de titre dont j'apprécie le teaser.
Cette illustration est vraiment tout ce que j'aime. ♥
Je suis ravie que ça plaise à d'autres aussi.
J'aime aussi écrire des chapitres rigolos comme ceux-ci.
Puisqu'on sait désormais que Maora est XXX
(je garde le secret pour ceux qui ne le savent pas encore),
je me suis dit que c'était bien aussi qu'il y ait des cases un peu scintillantes.
Je m'amuse bien.

Hainé ! 30 % de taux de masse graisseuse, ce n'est rien du tout !
Arina dépasse de loin ce pourcentage ! (Bouh ! C'est catastrophique !)
Cette histoire d'implants dentaires m'est réellement arrivée.
J'étais en panique quand ils sont tombés (rires).
Pourquoi j'ai des fausses dents ? Mon grand frère m'a donné un chocolat
qu'il avait reçu pour la Saint-Valentin. Quand je l'ai croqué,
c'était tellement dur que je me suis cassé les dents.

LÀ, ÇA CRAINT !
Miaou
Tu dois faire du sport.
Fausse mince
MÊME LE FACTEUR EST DE CET AVIS !?
On va commencer par la corde à sauter.
TU N'AS QU'À DIRE SIMPLEMENT...
... QUE TU ÉTAIS GÊNÉE.
JE SUIS SÛR QUE MAORA ATTEND UN GESTE DE TA PART.
ALORS, JE VAIS LE FAIRE !
Tu crois ?
JE VAIS PROFITER DE LA COHUE DE LA FÊTE DU SPORT POUR M'EXCUSER.
BAM
PARFAIT !

FACTEUR !
HAINE EST DÉSORMAIS PLATINE.
JE PRÉFÈRE QUE TU T'ABSTIENNES DE LA SÉDUIRE.
TAC
ST... STRAHL ?
Quoi ?
JE VOIS.
QUEL DOMMAGE !
N'EST-CE PAS ?
HEIN ?
Toi, alors...
Miaou
POM
POM
EUH... BON...
JE DOIS D'ABORD ME RÉCONCILIER AVEC MAORA.

L'ACADÉMIE IMPÉRIALE
ÉDITION DU CLUB MULTIMÉDIA
PLATINE SOUS LE CHOC !
ELLE NE PEUT CACHER SON TROUBLE FACE À LA VÉRITÉ DE MAORA.
CELA S'EST DÉROULÉ LA VEILLE DE LA FÊTE DU SPORT, DANS LA SALLE DU CONSEIL DES ÉLÈVES.
LA PLATINE, HAINE OTOMIYA (15 ANS), A APPRIS LA VÉRITÉ SUR YOSHITAKA ICHINOMIYA, CHARGÉE DE PROJETS ET TRÉSORIÈRE.
JE TE FAISAIS CONFIANCE.
POURQUOI MAORA LUI AVAIT-ELLE CACHÉ LA VÉRITÉ ?
TADAAN
ばーーん!
Aïe !
あいたー
QU... QU'EST-CE QUE C'EST !?
C'EST LE JOURNAL DE L'ACADÉMIE.
C'EST TOI QUI T'ES DISPUTÉE AVEC MAORA, HIER !!
TU IGNORAIS QUE MAORA ÉTAIT UN GARÇON, HAINÉ ?
En interne, ils sont tous au courant !
BLA! ヒソ BLA! ヒソ
C'est Mademoiselle Hainé.
Tu as raison.
BLA! ヒソ
Dispute...
Fin d'une amitié...
Tragédie...
BLA! ヒソ BLA! ヒソ
JE CROIS QUE ÇA PREND DES PROPORTIONS DÉLIRANTES...
あああ
Aaah...

Style Penshaki

✿ Arina a un caillou au cou.
✿ La suite ↓

(2)
Je suis une accro du travail.
Mes proches
sont d'accord là-dessus.
J'adore ce que je fais
et je bosse tout le temps.
Je ne fais que travailler.

Vêtue de nouveaux habits
(j'ignore pourquoi),
je me dirigeai
chez un dermatologue
qui se trouve
relativement proche
de chez moi,
mais pas assez pour
m'y rendre à pied.

À suivre →

TÔYA TE CHERCHE.
TU DEVRAIS ALLER AU Q.G.
SOURIRE
TAP TAP
ELLE EST COMME D'HABITUDE.
CHOC
Oh là là !
ON VA S'ASSEOIR AVEC LES AUTRES ÉLÈVES.
ELLE A AGI COMME SI L'AFFAIRE ÉTAIT CLASSÉE.
EST-CE QUE TOUT VA BIEN, MADEMOISELLE HAINE ?

Oui...
C'est juste que mon destin me malmène...
Quelles commères, celles-là !
Ffff
Shizumasa t'attend.
Hein?
Tu es en retard !
Shizumasa est beau aussi en survêtement. ♡
C'est le premier événement depuis que tu es platine. Tâche de bien remplir ton rôle.
Vraiment !
Oui.
Oh...
Je t'en prie.
Assieds-toi à côté de lui.
Hé Hé !
Pfft !
!?
La fête du sport va bientôt commencer.
Tous les élèves doivent retourner à leur place.
Je vois...
Un belvédère !?
Dépêche-toi de t'asseoir.

ÊTRE PLATINE...
C'est un peu tôt, mais voici le déjeuner.
... C'EST AUSSI ÇA.
Waouh !
HM ?
OUPS..!
C'EST TOUT CE QUE TU MANGES ?
JE NE POURRAIS JAMAIS L'AVOUER À SHIZUMASA ! PLUTÔT MOURIR !
JE NE PEUX PAS LUI DIRE QUE JE ME SOUCIE DE MA MASSE GRAISSEUSE.
EUH... OUI. C'EST PARCE QUE JE VAIS PARTICIPER À LA COURSE CROQUE PAIN*.
Presque rien
Je dois garder de la place dans mon ventre.
* COURSE OÙ ON DOIT S'ARRÊTER POUR MANGER UN PAIN ACCROCHÉ À UN FIL.
C'est top secret !!
QUAND TU N'AS PAS LA PÊCHE, ÇA ME FAIT TOUT DRÔLE.

キャ
TU PEUX ME LE RÉPÉTER !?
ARRÊTE DE CRIER.
Hiiii !
Youpi !
Ils s'entendent bien.
Tôya mange dans un coin.
L'ACADÉMIE IMPÉRIALE
POF
ぽす
HE !

TU NE CROIS QUAND MÊME PAS CES RAGOTS DÉBILES ?
REPRENDS-TOI.
Hein ?
QUE VAS-TU T'IMAGINER ?
Toi, alors !
CRASH
JE N'AI JUSTE PAS EU L'OCCASION DE LE DIRE À HAINE...
... ET C'EST COMME SI JE LUI AVAIS MENTI.
PEUT-ÊTRE QU'ELLE NE M'AIME PLUS ?
SHIZUN, LUI, ÉTAIT ÉPATÉ QU'IL EXISTE CE GENRE D'ÊTRE VIVANT SUR TERRE.
Il a le cœur pur.
L'EMPEREUR...
... CONSIDÈRE MAORA COMME UN ANIMAL DE COMPAGNIE ?
NE TE SOUCIE PAS DE TOUT ÇA.

QUOiiiii !?
À CAUSE DE QUI CROIS-TU QUE JE SUIS DEVENUE COMME ÇA ?
C'EST POUR ÇA QUE JE T'AI REMONTÉ LE MORAL !
FLAP FLAP
Je dois participer à la course d'emprunts*.
HÉ ! ATTENDS UN PEU !!
* UNE COURSE OÙ CHAQUE PARTICIPANT DOIT TROUVER UNE CHOSE MARQUÉE SUR SON PAPIER AVANT DE FINIR DE COURIR.
!
"NE TE SOUCIE PAS DE TOUT ÇA."
iDiOT...
Je te déteste.
Pan
ALLEZ, TSUJIMIYA !! C'EST LA COURSE D'EMPRUNTS !
GOO
FAIS TOUT POUR BATTRE LA CLASSE DE MiRUKO !!
CAR ON A PARIÉ UN SUKIYAKI** !!
** GRILLADE DE VIANDES ET DE LÉGUMES À LA JAPONAISE.
Prof principale de Shizumasa, Maguri et Maora Chiyoko Yamamiya (27 ans, alias Professeur Choco)
Amies d'enfance
Professeur Choco
Professeur Miruko

JE VAIS VOUS MONTRER LE TALENT DE CELUI QU'ON SURNOMME "MAGURI, L'EMPRUNTEUR" !!
QUE DOIS-JE TROUVER ?
UN AMOUREUX.
SNIF !
TSUJIMIYA !!
TSUJIMIYA !!
Res-saisis-toi !
TAC

TU ES VRAIMENT PAS POSSIBLE.
J'ai été recruté pour remplacer un élève absent.
FINISSONS LA COURSE ENSEMBLE.
CLING キラ
CLING キラ
CLING キラ
CHEVEUX BLONDS
BOBOM どっきんちょ
はたっ☆ Ah !
NOOON ! SHIZUN VA IMAGINER DES CHOSES !
ARRÊTE DE FAIRE LE DIFFICILE !!
HM ?
OÙ EST PASSÉ SHIZUMASA ?
IL A DIT QU'IL ALLAIT SE REPOSER À L'INFIRMERIE.
LES PARTICIPANTS À LA COURSE CROQUE PAIN DOIVENT SE PRÉPARER, MADEMOISELLE HAINE.
Bon courage.
J'ARRIVE.

Tap
ta
C'EST DÉJÀ PRIS.

Style Penshaki

✿ Arina a un caillou au cou ✿

③ À l'hôpital

À suivre →

TU ES "DAME AJISAI"...
... C'EST ÇA ?
TOUS LES PARTICI-PANTS À LA COURSE CROQUE PAIN...
... DOIVENT SE RENDRE À LA PORTE 2.
JE RÉPÈTE ...
Hum !
...

Hé ! Dites !
VOUS VOUS OCCUPEZ DE LA COURSE CROQUE PAIN ?
JE PEUX VOUS REMPLACER ?
OH ! MAORA !
MAIS, CE N'EST PAS DIGNE DE VOUS.
NOUS ALLONS NOUS FAIRE DISPUTER !
シュルッ
FSS
キラ
CLING CLING
キラ
SOYEZ SYMPAS.
Laissez-moi votre place.
CLING
キラ
TIENS ?
Oh ! C'est Hainé.
Quelle classe, Platine !

MAORA...
ELLE PORTE LE DRAPEAU DE LA 1re PLACE.
ça fait partie de son travail ?
OH !
C'EST L'OCCASION RÊVÉE !!
JUSQU'À PRÉSENT, JE DEVAIS FAIRE ATTENTION AUX AUTRES QUAND JE LUI PARLAIS.
MAIS SI J'ARRIVE LA PREMIÈRE, ON NE SERA QUE TOUTES LES DEUX !
JE POURRAI M'EXCUSER.
Pardon, Maora.
CE N'EST RIEN, HAINÉ.
Elle est gentille.
Un peu plus virile.
MAORA...
ATTENDS-MOI...
CELA NE CHANGE RIEN QUE TU SOIS UN GARÇON.
JE T'ADORE, MAORA. TU ES MIGNONNE ET SI SOURIANTE.

JE JURE D'ARRIVER EN TÊTE.
JE SERAI LA PREMIÈRE ET JE POURRAI ENFIN...
... TE DEMANDER "PARDON".
MAORA...
Prêts...
PAN !
HEIN ?

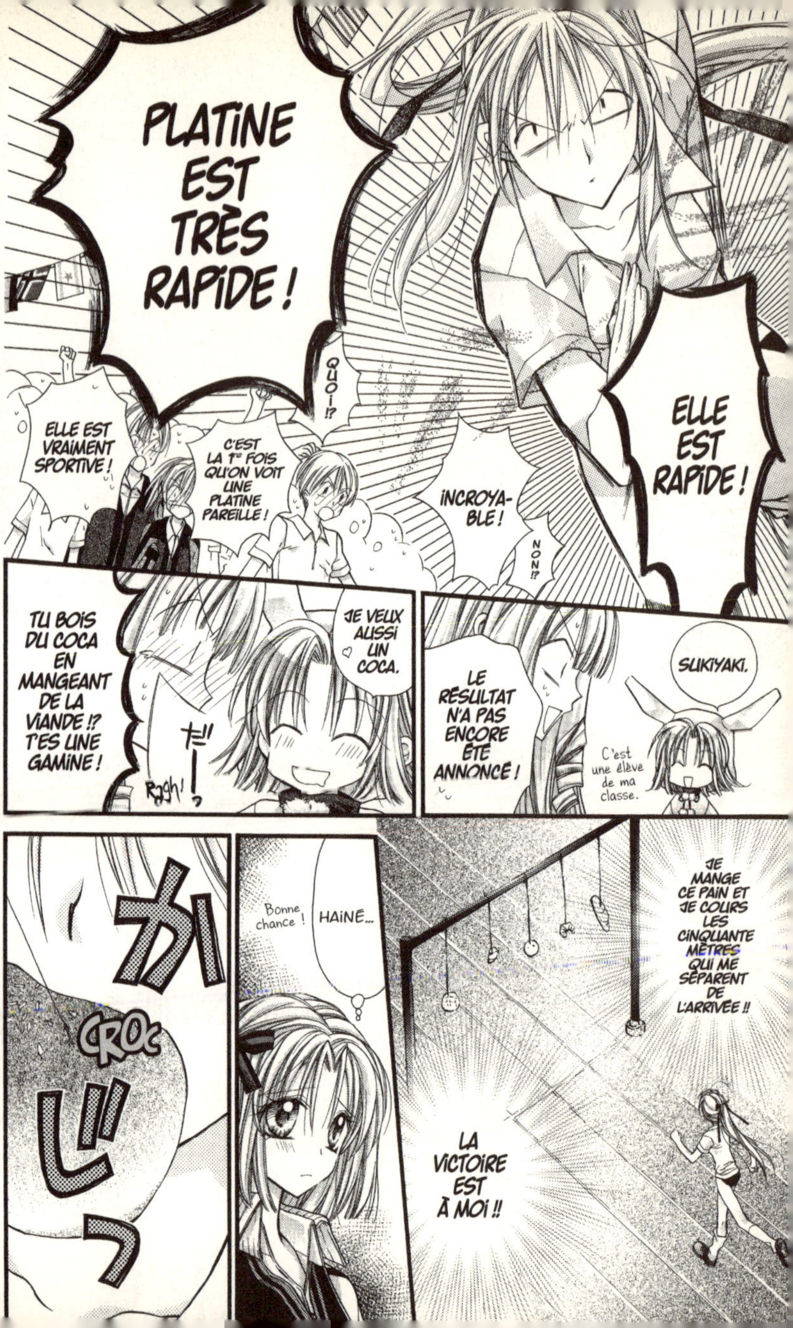
PLATINE EST TRÈS RAPIDE !
ELLE EST RAPIDE !
NON !?
iNCROYABLE !
QUOi !?
C'EST LA 1re FOIS QU'ON VOIT UNE PLATINE PAREILLE !
ELLE EST VRAIMENT SPORTIVE !
SUKiYAKi.
C'est une élève de ma classe.
LE RÉSULTAT N'A PAS ENCORE ÉTÉ ANNONCÉ !
JE VEUX AUSSI UN COCA.
TU BOIS DU COCA EN MANGEANT DE LA VIANDE !? T'ES UNE GAMiNE !
Ragh !
JE MANGE CE PAIN ET JE COURS LES CiNQUANTE MÈTRES QUI ME SÉPARENT DE L'ARRIVÉE !!
LA ViCTOIRE EST À MOi !!
HAiNE...
Bonne chance !
かじっ
CROC

HEIN !?
QUE S'EST-IL PASSÉ ?
OH LÀ LÀ...
LES IMPLANTS DENTAIRES DE HAINÉ SONT TOMBÉS...
MADEMOISELLE USHIO !! QU'EST-CE QUE ÇA VEUT DIRE ?
SES DEUX DENTS DE DEVANT SONT DES IMPLANTS.
JE CROIS QU'ELLE EN A HONTE.

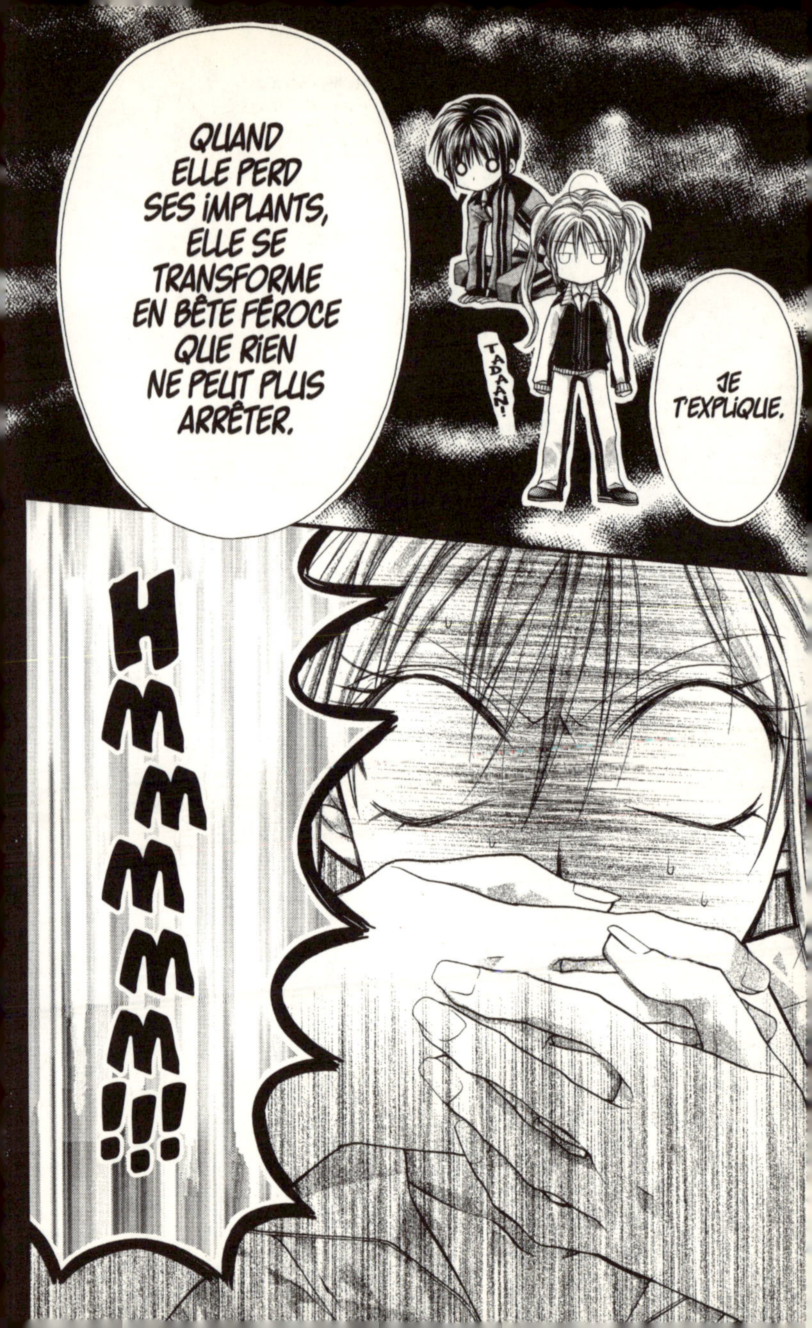
JE T'EXPLIQUE.
TADAAN!
QUAND ELLE PERD SES IMPLANTS, ELLE SE TRANSFORME EN BÊTE FÉROCE QUE RIEN NE PEUT PLUS ARRÊTER.
HMMMMM!!!

どっかーーんっ
BOUUUM
HMMMMMM!!
ひゅんっ!!
VIUM
ATTENDS, PLATINE !
PLATINE !!
PLUSIEURS PERSONNES ONT PÉRI DANS L'EXPLOSION !
MADE-MOISELLE HAINE !!
QUE SE PASSE-T-IL ?
C'EST PLATINE...
J'AI COMPRIS.
Aïe...
EMPEREUR !!
On est sauvés.
MONSIEUR SHIZU-MASA !
キラーン
CLING

KSSSS
HMMMMMM!!
TOURNE
TAP
Pfuit
Pfuit
Pfuit
TAP
CE N'EST PAS UNE BÊTE. IL FAUT VITE FAIRE QUELQUE CHOSE.
SACRÉE MADE-MOISELLE HAINÉ !
MÊME CHANGÉE EN BÊTE FÉROCE, ELLE RECONNAÎT MONSIEUR SHIZUMASA !
C'est beau.
De quoi ?
TAP

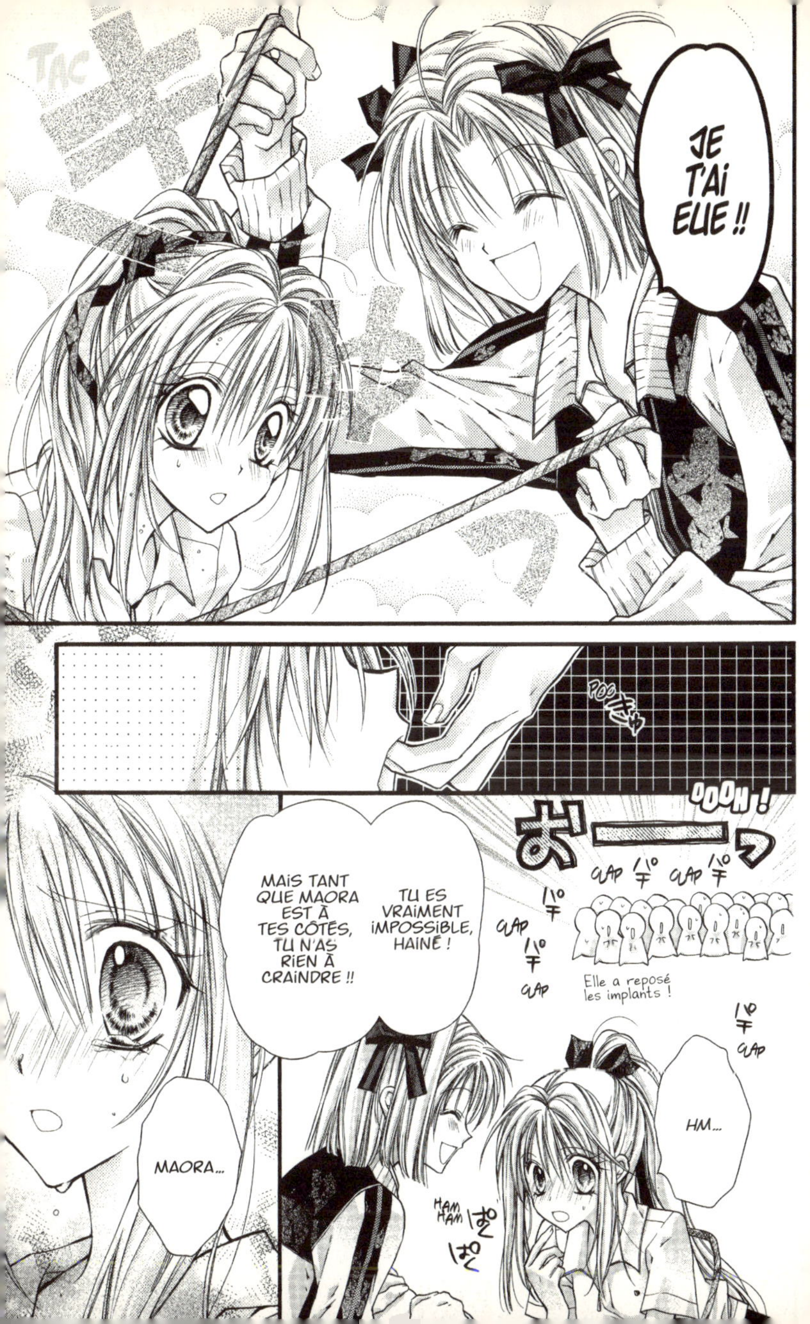
TAC
JE T'AI EUE !!
POO
OOOH !
CLAP CLAP CLAP CLAP
Elle a reposé les implants !
TU ES VRAIMENT IMPOSSIBLE, HAINE !
MAIS TANT QUE MAORA EST À TES CÔTÉS, TU N'AS RIEN À CRAINDRE !!
CLAP
HM...
HAM HAM
MAORA...

QUELLE QUE SOIT TON APPARENCE, TU ES TOUJOURS HAINÉ !
JE T'ADORE !!
MA...
MAORA !

* ENVIRON 35 EUROS.

HEIN ?
POURQUOI JE N'AVAIS PAS DIT LA VÉRITÉ À L'EMPEREUR ET À USHIO ?
USHIO L'AVAIT DEVINÉ DEPUIS UN MOMENT.
HUN
ELLE AURAIT PU ME LE DIRE AVANT QUE JE ME METTE EN SOUS-VÊTEMENTS !
Hmm...
Ha ha ha !
IL NE FAUT PAS SOUS-ESTIMER USHIO.
Hmm...
ET POUR SHIZUMASA ?
JE NE L'AI PAS DIT CAR IL N'Y A RIEN QUI PUISSE LE SURPRENDRE.
CE N'EST PAS DRÔLE.
Grr !
DÉSOLÉ.
AH !
TING
SI ! IL Y A PEUT-ÊTRE UNE CHOSE QUI POURRA TE SURPRENDRE !

LE TAUX DE MASSE GRAISSEUSE DE HAINE EST DE 30 %.
Étonnant, non ?
HIIII!
MAORAAAAA!!
PFFT !!
!!
CHOC
QUE SE PASSE-T-IL ?
...
TU ES À LA FOIS CONTENTE ET GÊNÉE QUE SHIZUMASA SOURIE, NON ?
Grrr ! J'ai trop honte !
あははは
Ha haha !

L'AUTRE FOIS...
... TU ÉTAIS...
INFIRMERI
CLIC
カタ
... AVEC LUI ICI, N'EST-CE PAS ?
JE VOIS DE NOMBREUX HOMMES, ICI.
CLIC
カタ
JE PARLE DE L'EMPEREUR.
EST-CE BIEN RAISONNABLE ?
HAINE OTOMIYA EST AMOUREUSE DE LUI.
TU VAS TRAHIR TON AMIE ?

JE NE LA TRAHIS PAS.
JE LA SAUVE.
ON M'A VOLÉ...
... UN BIEN PRÉCIEUX.
JE FERAI TOUT...
... POUR LE RÉCUPÉRER.
ぎゅっ
TAC
Chapitre 6 × FIN

the Gentlemen's Alliance Cross
Chapitre 7 × LA THÉORIE DE L'EMPEREUR ★
UN CŒUR PROFOND

Chapitre 7 X La théorie de l'Empereur ☆
Un cœur profond

Le teaser

Le groupe pechu de l'Académie impériale !! Rencontre !!

La scène du début entre Shizumasa et Tôya me fait du bien... ♡
Ils sont si mignons. Tôya est un personnage très pratique (je suis intéressée).
Alors, j'en prends soin. Dans le volume 1, j'ai dit qu'il ressemblait à Kagura mais, finalement, il est peut-être plus proche de Minazuki.

Sinon, Tamiya n'est pas en train de baisser la tête, mais il l'incline avec respect.
(Hmm... J'aurais peut-être dû garder ses cheveux longs sur le côté... J'ai hésité et je les ai finalement attachés.)

Sur une page, Hainé n'a pas deux fois la même expression.
Elle change tout le temps de visage.
Elle est rigolote.

LE PRÉSIDENT, SHIZUMASA TÔGÛ, ALIAS L'EMPEREUR, EST LE PLUS REMARQUABLE !!
IL EST LE PLUS RICHE DE L'ACADÉMIE ET LE FUTUR PRÉSIDENT DU GROUPE TÔGÛ !!
IL EST INTELLIGENT ET BEAU. C'EST LE PLUS GRAND DE TOUS LES EMPEREURS. IL PARAIT QUE MÊME LORS DE L'ASSEMBLÉE DES ANCIENS EMPEREURS, IL EST RESPECTÉ.
Son accompagnateur, Tôya, est mignon aussi.
Il a de nombreuses fans.
MAGURI TSUJIMIYA EST LE VICE-PRÉSIDENT !!
C'EST L'ANCIEN AMOUREUX DE L'EMPEREUR. IL S'EST EFFACÉ AU PROFIT DE SON BIEN-AIMÉ.
IL GARDE SON AMOUR POUR SHIZUMASA AU FOND DU COEUR ET LE SOUTIENT DANS L'OMBRE.
YOSHITAKA ICHINOMIYA EST LA TRÉSORIÈRE ! SON SURNOM EST MAORA !
MAORA PEUT ÊTRE MIGNON-NE OU BEAU !
EN RÉALITÉ, C'EST UN HOMME ET C'EST LE CERVEAU DU CONSEIL !

USHIO AMAMIYA EST LA SECRÉTAIRE !!
LE CONSEIL VOULAIT INTÉGRER LA FILLE UNIQUE D'UNE ÉCOLE DE THÉ DE RENOM DEPUIS SON ARRIVÉE À L'ACADÉMIE.
LES GARÇONS DE L'ACADÉMIE LA SURNOMMENT "DAME AJISAI"...
... POUR SA BEAUTÉ FROIDE ET ÉVANESCENTE. ILS LA VÉNÈRENT.
ON RACONTE QUE MÊME YUKIMITSU, DU COMITÉ DES BONNES MOEURS, CRAQUE POUR ELLE.
ET IL Y A AUSSI...
BOBOM
...
...
BOBOM BOBOM BOBOM BOBOM
LE GARDE DU CORPS DU PRÉSIDENT ET LA CHARGÉE DES AFFAIRES COURANTES...
... HAINE OTOMIYA !!
"IL N'Y A PAS MIEUX QU'UN SERPENT POUR SAVOIR CE QUE PENSE UN SERPENT !"
HÉ ! ELLE VA TE TUER !
EUH... C'EST UNE ANCIENNE DÉLINQUANTE...
NON ! CHUT !
ELLE... ELLE EST PLUTÔT MIGNONNE !
SES YEUX LANCENT DES ÉCLAIRS !!
QUAND ELLE ENLÈVE SES IMPLANTS...
HÉ !!
C'EST QUAND MÊME UNE EX-FILLE DE BONNE FAMILLE !
UNE "EX".
DÉSOLÉE, JE SUIS DIFFICILE À COMPLIMENTER !!

MAIS HAINE EST LA "PLATINE" DE SHIZUMASA !!
AU FAIT !!
BIEN SÛR ! ELLE EST L'AMOUREUSE DE SHIZUMASA ! C'EST LA FUTURE MADAME TÔGÛ !!
Mais oui !!
N'est-ce pas ?
PARDON !! JE NE SUIS MÊME PAS SA VRAIE PETITE AMIE !!
C'est juste pour repousser les filles.
IL A CHOISI UNE ÉLÈVE "BRONZE" POUR DEVENIR SA PLATINE. C'EST REMARQUABLE DE NE PAS ÊTRE PRISONNIER DES CONVENTIONS.
SHIZUMASA EST L'EMPEREUR PARMI LES EMPEREURS !
IL EST LA FIERTE DES ÉLÈVES DE L'ACADÉMIE IMPÉRIALE !
C'EST UN HONNEUR !!
QUAND VOUS AUREZ VÉRIFIÉ CE DOSSIER, LE TRAVAIL POUR CE MATIN SERA TERMINÉ.
IL RESTE 21 MINUTES ET 17 SECONDES AVANT LE COURS DE L'APRÈS-MIDI. JE VAIS VOUS SERVIR UN THÉ EN ATTENDANT.

HM ? QU'EN EST-IL DES RÉSULTATS DU SONDAGE SUR LE RÈGLEMENT DE L'ACADÉMIE ?
TAMIYA, CHARGÉ DE L'ENQUÊTE, A PERDU SES FEUILLES...
IL LES A RETROUVÉES, MAIS N'A PAS EU LE TEMPS DE COMPTABILISER LES RÉSULTATS.
IL LES AURA POUR LA SEMAINE PRO-CHAINE.
JE VOIS...
OH ! JE VAIS VOUS PRÉPARER UN THÉ.
BON-NE IDÉE.
ÇA FAIT LONG-TEMPS QU'ON N'A PAS BU UN THÉ ENSEM-BLE.
TÔYA.
OOOH !
C'EST TROP D'HONNEUR !!
JE NE SUIS QU'UN ORPHELIN QUI A ÉTÉ RECUEILLI POUR VOUS SERVIR !!
BOIRE UN THE AVEC VOUS, C'EST... C'EST... C'EST...
OH ! QUE DOIS-JE FAIRE ?
TAIS TOI, ON LE BOIT, CE THÉ, OUI OU NON ?

* CE PRÉNOM S'ÉCRIT AVEC LES IDÉOGRAMMES "DIX" ET "NUIT".

... QUI CONNAISSES...
... TOUT DE MOI...
... ET QUI ACCEPTES DE RESTER À MES CÔTÉS.
OUI.
JE RETOURNE EN CLASSE.
REMETS LES DOSSIERS À MAGURI.
C'EST ENTENDU.
BTAM
パタン
CLANG
カチャ
CLANG
カチャ...

JE NE SUIS PAS...
... LE SEUL...
... À VOUS COMPRENDRE...
... SURTOUT...
... À NE REGARDER QUE VOUS...
ALORS...
NE RENONCEZ PAS.
... VOUS DEVEZ Y CROIRE.

AH ! SHIZUMASA !!
JE... JE T'ATTENDAIS !
QUI ES-TU ?
CHOC !!
JE PLAISANTE.
CE N'EST PAS ÉVIDENT À COMPRENDRE.
EUH... J'AI FAIT DES BISCUITS, TRÈS FARINEUX, AU COURS DE CUISINE ET JE VOULAIS QUE TU LES GOÛTES.
Voilà !
C'EST INUTILE.
C'EST QUOI, ÇA, TAMIYA ?
Hmm...
C'EST MON TRAVAIL DE DÉLÉGUÉ. JE DOIS COMPILER LES RÉSULTATS DE L'ENQUÊTE.
OH ! ÇA TE FAIT DU BOULOT SUPPLÉMENTAIRE, SURTOUT QU'ON A LES EXAMENS.
IL Y A PLUS DE 200 FEUILLES !
Argh !

ALORS, J'AI FAIT SEMBLANT DE LES PERDRE POUR AVOIR UN DÉLAI SUPPLÉMENTAIRE.
C'EST SÛR. IL PARAÎT QUE TU CHERCHES À ÊTRE PARMI LES DIX PREMIERS DE LA PROMO ?
OUI. JE M'EN OCCUPERAI, QUAND ON AURA FINI LES EXAMENS.
JE NE PEUX PAS ÉTUDIER EN FAISANT MON TRAVAIL DE DÉLÉGUÉ.
TAC
JE NE SUIS PAS SHIZUMASA.

TU ES DÉJÀ SI OCCUPÉ...
TU NE FAIS PLUS PARTIE DES DÉLÉGUÉS.
JE M'EN CHARGE.
DONNE.
TAC
ぱっ
SHIZUMASA !!
Hiii!
ひーっ
あーあ
AGH!
けっ
TAMIYA...
N'AS-TU PAS ACCEPTÉ CE TRAVAIL...
... PARCE QUE TU CROYAIS POUVOIR L'ASSUMER PARALLÈLEMENT À TES ÉTUDES ?

TU NE VAS PAS EN COURS, SHIZUMASA !?
J'AI OUBLIE QUELQUE CHOSE DANS LA SALLE DU CONSEIL.
CLING
TAMIYA !!
SHIZUMASA AUSSI AVAIT DES EXAMENS !
Aargh !
ON N'EST PAS DE MÊME NAISSANCE, LUI ET MOI !!
BAM
CROIS-TU QU'IL NE FAIT AUCUN EFFORT...
... POUR FAIRE HONNEUR À SA "NAISSANCE"?
PENSES-TU QU'IL NE FAIT RIEN ?

MADEMOISELLE HAINE.
TANT QU'IL N'Y AURA PAS DE FILS DANS LA FAMILLE...
... TU SERAS L'HÉRITIÈRE DES KAMIYA.
ALORS, TU DOIS ÊTRE UNE JEUNE FILLE REMARQUABLE ET FAIRE HONNEUR À TON NOM.
DEMAIN, TU AS ÉCOLE JUSQU'À 14 HEURES. ON PEUT INTERCALER DANS TON PROGRAMME UNE LEÇON DE DANSE CLASSIQUE, NON ?
APRÈS LE DÎNER, ON DEMANDERA AU PROFESSEUR DE VENIR À LA MAISON.
TU NOUS FERAS ÉCOUTER TON VIOLON, HAINE.
OUI.
BIEN SÛR...
MAMAN.
Hm ?
TIENS ? OÙ EST SHIZUMASA ?
IL N'EST PAS EN CLASSE ?
LES COURS VONT BIENTÔT COMMENCER.

IL A DIT QU'IL AVAIT OUBLIÉ QUELQUE CHOSE DANS LA SALLE DU CONSEIL.
C'EST POUR ÇA QUE JE SUIS VENUE.
DANS CE CAS, IL SÈCHE LES COURS COMME D'HABITUDE.
Un biscuit... Deux biscuits... Trois biscuits...
QUOI ?
C'EST NOTRE JARGON.
Jargon
Vocabulaire compréhensible uniquement par ses pairs.
“J'AI OUBLIÉ QUELQUE CHOSE DANS LA SALLE DU CONSEIL” SIGNIFIE “JE SÈCHE LE COURS”.
AH OUI ?
C'EST VRAIMENT DUR D'ÊTRE EMPEREUR.
TOUT LE MONDE EST AU COURANT ET FERME LES YEUX.
QUOI !? ALORS, QUAND J'AI TROUVÉ SHIZUMASA DANS LE JARDIN SUSPENDU, VOUS SAVIEZ OÙ IL ÉTAIT !?
OH ! LA DERNIÈRE FOIS ?
IL AVAIT SÉCHÉ UNE RÉUNION.
On ne pouvait pas dire tout haut que l'Empereur séchait une réunion !
TU ES COMPLICE ?
ON A DIT QU'IL AVAIT DISPARU POUR QUE ÇA PASSE MIEUX.

IL A LE DROIT DE SÉCHER LES COURS ?
NON.
C'EST POUR ÇA QUE J'AI INTÉGRÉ UNE EX-DÉLINQUANTE DANS LE CONSEIL, POUR QU'ELLE METTE SON NEZ LÀ-DEDANS !
AH ! C'ÉTAIT DONC POUR ÇA.
Je vois.
MON ADMISSION ÉTAIT DONC STRATÉGIQUE.
J'IGNORAIS QUE TU ÉTAIS AMOUREUSE DE L'EMPEREUR.
DÉSOLÉE. C'EST COMME SI JE T'AVAIS MANIPULÉE.
L'EMPEREUR EST TÊTU ET NE VEUT FAIRE CONFIANCE À PERSONNE.
MAIS S'IL DONNE SA CONFIANCE...
... C'EST POUR TOUJOURS.
AUJOURD'HUI, JE SUIS RAVIE DE T'AVOIR CHOISIE.

"JE N'EN SUIS PAS CAPABLE."
FST
FST
EUH...
VEUX-TU QUE JE T'AIDE POUR LES RÉSULTATS DE L'ENQUÊTE ?
"JE NE SUIS PAS SHIZU-MASA."

Style Penshaki

✿ Arina a un caillou au cou ✿

La suite ↓

④

La protubérance d'Arina était en fait une petite tumeur !

C'est soit un morceau de calcium, soit de la graisse qui est devenue dure. Cela ne peut pas disparaître avec un médicament et cela ne peut pas se réparer naturellement.

Donc, j'ai décidé de me faire opérer.

Snif !

Le déroulement de l'opération

On fait six piqûres (environ) d'anesthésie locale au niveau de la protubérance du cou. — ちく ちく PIC PIC

↓

On ouvre la partie affectée. — Beurk...

↓

On extrait la petite tumeur et on la coupe. — うおー!!!!!! Pouah...

↓

Cinq points de suture avec une fine aiguille et c'est fini. — あー!!!!!! Aargh...

↓

Le docteur a dit que ça ne prendrait que 15 minutes.

À suivre →

!
ON M'A TOUJOURS DIT QUE J'ÉTAIS PUISSANT.
C'EST LE NOM DES "TÔGÛ" QUI EN IMPOSE, PAS MOI.
J'AI L'IMPRESSION QUE JE MENS AUX AUTRES.
PARFOIS, ÇA ME PÈSE D'ÊTRE LE CENTRE D'INTÉRÊT.
ALORS, QU'EN FAIT...
... "MOI", JE N'AI RIEN.
L'inoubliable chanson de la Sorcière
Shizumasa Tôgû
EN RÉALITÉ...
... JE N'AI RIEN.

CUI ちっ
CUI ちっ
CUI ちっ
CUI ちっ
CUI ちっ
JE TE TROUVE REMARQUABLE, SHIZUMASA.
ピーン
DING
HAAH... QU'EST-CE QUI M'A PRIS DE RACONTER TOUT ÇA ?
C'EST VRAI !!
JE SUIS BÊTE, ALORS JE PEUX LE SAVOIR !!
AH OUI ?
C'est bizarre ce que tu dis.
JE NE COMPRENDS PAS LES CHOSES COMPLIQUÉES...
... MAIS JE SUIS SENSIBLE AUX SENTIMENTS DES AUTRES.
LES MOTS SONT DES INDICES POUR CONNAITRE CE QU'ON A DANS LE COEUR, NON ?
ET LES SENTIMENTS, CE SONT DES CHOSES QUE L'ON RESSENT.

TU ES REMARQUABLE, SHIZUMASA.
PAR EXEMPLE, MÊME SI...
... CERTAINS NE PENSENT PAS DU BIEN DE TOI...
... ILS NE PEUVENT PAS DIRE QUE TU N'ES PAS UN BON EMPEREUR.
JE PENSE QUE DERRIÈRE TA SÉVÉRITÉ...
... CELA NE SE VOIT PAS FORCÉMENT.

LA DIFFICULTÉ D'ÊTRE SHIZUMASA TÔGÛ...
... PARCE QUE C'EST ÉVIDENT...
... ON NE S'EN APERÇOIT PEUT-ÊTRE PAS.
MÊME SI TU ES LOIN...
... ON SE DIT QUE TU ES GRAND.
ON PARVIENT À LE SENTIR...
... DANS NOTRE COEUR.

AU FAIT, TES BISCUITS FARINEUX ?
JE VEUX BIEN Y GOÛTER.
OH ! VRAIMENT !?
Oh !
OÙ SONT-ILS D'AILLEURS ?
JE LES AI BALANCÉS SUR TAMIYA TOUT À L'HEURE.
l'idiote
IL M'EN RESTE ENCORE EN CLASSE.
APPORTE-LES-MOI DANS MA CHAMBRE PRIVÉE APRÈS LES COURS.
D'ACCORD !
SI J'AVAIS L'OCCASION DE ME RETROUVER SEULE AVEC LUI, J'AURAIS ENVIE DE LUI DEMANDER...
"EST-CE QUE TU ME DÉTESTES VRAIMENT ?"

MAIS, JE N'AI PAS EU LE COURAGE.
Peureuse !
LES MOTS SONT DES INDICES.
JE DOIS QUAND MÊME LUI POSER LA QUESTION.
Tu ne dois pas sécher les cours.
ET, QUAND IL ME RÉPONDRA...
... À TRAVERS SA VOIX ET SON EXPRESSION...
... JE DEVRAI DÉCELER CE QU'IL RESSENT VRAIMENT.
TIENS !
LA PORTE DE LA CHAMBRE DE SHIZUMASA EST OUVERTE.
EST-IL DÉJÀ À L'INTÉRIEUR ?
Tap Tap
IL N'Y A ENCORE PERSONNE.
Suis-je arrivée trop tôt ?
CRR
SHIZUMASA ?

USHIO ?
SHIZUMASA ?

HEIN !?
JE N'AI MÊME PAS FRAPPÉ...
AH... DÉSOLÉE.
USHIO !?
C'EST SHIZUMASA ?
EST-CE QUELQUE CHOSE QUE JE N'AURAIS PAS DÛ VOIR !?
C'EST POURTANT LUI QUI M'A DIT DE VENIR.
QU'EST-CE QUE...
... ÇA VEUT DIRE ?
TAC
HAINE !
IL NE S'EST RIEN PASSÉ !!
L'EMPEREUR M'A INVITÉE ET JE N'AI PAS PU REFUSER !
CE N'EST QU'UN CAPRICE DE L'EMPEREUR !
JE N'AI RIEN FAIT !
JE N'AI AUCUN LIEN AVEC LUI !!

HAINE !!
JE SAIS ...
BTAM
JE SAIS.
ES-TU SATISFAIT ?

"HAINE ! IL NE S'EST RIEN PASSÉ !!"
JE LE SAIS.
"L'EMPEREUR M'A INVITÉE...
... ET JE N'AI PAS PU REFUSER !"
"CE N'EST QU'UN CAPRICE DE L'EMPEREUR !"
CE N'EST PAS ÇA.
SHIZUMASA SAVAIT QUE JE VENAIS !
IL SAVAIT QU'UNE FOIS LES COURS TERMINÉS...
... JE ME DÉPÊCHERAIS DE LE REJOINDRE !!
MAINTENANT, JE CONNAIS SA RÉPONSE.
JE N'AI PLUS BESOIN DE LA LUI DEMANDER.
J'AI DEVINÉ LES SENTIMENTS DE SHIZUMASA...
BOM
OH !

C'EST TOI, OTOMIYA ?
TU N'ENTRES PAS DANS LA SALLE DU CONSEIL ?
...
ET TOI ?
HAAH...
ハァ...
MOI, J'ATTENDS QUE TOUT LE MONDE SOIT LÀ...
C'ÉTAIT VRAI CE QUE TU M'AS DIT.
SHIZUMASA ME DÉTESTE.
ET...
... C'EST PAREIL POUR TOI, MAGURI.
ポタ
FLOP
C'EST PAREIL.

CAR SHIZUMASA...
... DÉTESTE TOUS LES ÊTRES HUMAINS !!
ALORS, C'EST PAREIL POUR TOI, MAGURI !!
C'EST POUR ÇA QUE TU M'AS CONSEILLÉ DE NE PAS L'APPROCHER, N'EST-CE PAS ?
CAR TU LE SAVAIS.
OUI...
IL DÉTESTE TOUT LE MONDE...
... ET...
... PARTICULIÈREMENT...
... SHIZUMASA TÔGÛ.

OUi...
iL NE ME FAIT PAS CONFiANCE.
CAR JE LUi DIS QUE J'AiME...
... LA PERSONNE QU'iL DÉTESTE LE PLUS AU MONDE.
LA PERSONNE...
... QU'iL DÉTESTE LE PLUS AU MONDE, C'EST LUi-MÊME.
Chapitre 7 × FIN

the Gentlemen's Alliance Cross
Chapitre 8 × LES DEUX EMPEREURS

Chapitre 8 X Les deux Empereurs Le teaser

Mon amour a toujours le goût de la fraise !

Attention : je dévoile l'histoire du chapitre.

J'aime beaucoup ce chapitre. Oui... Il est bien. Ce qui était marquant, c'est que tous mes amis et mes proches qui ont lu le passage où Maguri raconte ses souvenirs se sont exclamés : "C'est toi qui es trop chou, Maguri !" Ha ha ha ! C'est vrai qu'il est trognon.

En fait, il existe deux paires d'Empereurs. Il y a d'une part, le père de Hainé et Shizumasa, et de l'autre, Shizumasa et Shizumasa. Appelez-les le "vrai" et le "faux".

Je tiens à préciser qu'il n'y a rien entre Shizun et Ushio. Ils ont juste fait semblant. Ils se ressemblent. Alors, j'imagine qu'ils ne s'apprécient pas beaucoup. En tout cas, Ushio n'aime pas Shizun.

HEIN ? C'EST VRAI ?
OUI.
Ça m'étonne !
EN FAIT.
IL PARLAIT FACILEMENT À TOUT LE MONDE.
MAIS IL N'OUVRAIT SON COEUR À PERSONNE.
SON SOURIRE PARFAIT M'ÉNERVAIT.
MAIS QUAND IL EST ENTRÉ AU LYCÉE, IL EST DEVENU SILENCIEUX ET PEU SOURIANT.
IL...
IL EST TROP CHOU !!!

ET JE SUIS TOMBÉ AMOUREUX.
Souvenirs sucrés de Maguri.
AH... ...OUI ?
ひゅる〜
VIUUU
Elle n'aime pas son côté simpliste qui lui fait penser à elle.
QUAND ON LUI DIT QU'ON L'AIME, IL CROIT QU'ON L'APPRÉCIE PARCE QU'IL EST UN TÔGÛ.
IL NE S'AIME PAS DU TOUT.
QUAND QUELQU'UN DIT QU'IL L'AIME, IL L'ÉCARTE CAR IL NE COMPREND PAS.
PLUS JE L'AIME ET PLUS JE M'APERÇOIS...
... QUE SHIZUN SE DÉTESTE VRAIMENT.
C'EST DONC DEPUIS SON ENTRÉE AU LYCÉE...
... QUE SHIZUMASA NE SOURIT PLUS.
C'EST TROGNON.
BRR
IL EST TOUJOURS AUSSI COMPLIQUÉ.

ET TOI ?
QU'EST-CE QUI TE PLAÎT CHEZ SHIZUN ?
HEIN ?
BOBOM
SWIP
JE N'EN SAIS RIEN.
JE N'Y AI JAMAIS RÉFLÉCHI.
OOOH!
Je me suis fait piquer ma place de faux petit ami par une fille pareille...
Je dois avoir une raison de l'aimer ?
JE N'Y AVAIS JAMAIS PENSÉ SÉRIEUSEMENT.
UN JOUR, JE ME SUIS APERÇUE...
... QUE JE L'AIMAIS À NE PLUS SAVOIR QUE FAIRE.

TAC
QUOI QU'IL EN SOIT...
... JE N'AI PAS ENCORE RENONCE !!
JE NE PERDRAI PAS !! JE SUIS BIEN MIEUX QUE TOI !!
BATTLE !!
RAAAGH- !
MOI NON PLUS ! JE N'AI ENCORE RIEN FAIT !!
GRRRRRRRRRR !
Ex aequo
PFFT !!

ピタッ
TAP
CELLE-LÀ, ALORS !
S'IL VOULAIT ME REMONTER LE MORAL...
... IL N'AVAIT QU'À LE FAIRE SIMPLEMENT.
FFF !
くすっ
MERCI.
TU ES VRAIMENT...
... BIZARRE.

✿ La rubrique : regardons dans la tête d'Arina ✿

(C'est très réaliste et dégoulinant.)

– Je l'ai caché à mon éditeur : je pars faire un voyage d'une nuit dans une source thermale. Je vais demander à mon assistante ou à ma grande sœur de lui remettre les dernières planches.

↑ (Ma sœur revient après avoir passé un an à Paris. Mais sa petite sœur Arina s'en va à Yamanashi à Fujikyû High land.)

– J'avais juste oublié de vous prévenir. Pardon. Quand je serai de retour, je travaillerai dur. Excusez-moi.

– Mais j'ai vraiment travaillé sans dormir. (Je m'en vante.)

– En réalité, je voulais dormir et je lisais les mangas que j'avais achetés dans mon lit. (J'ai tout à coup eu envie de lire des mangas et je me suis acheté 7 volumes de mangas Ribon et un de Margaret. Je suis une vraie fan de Ribon.) J'ai été émue en lisant les colonnes dans les mangas des auteurs plus anciens ou plus jeunes. Et je suis retournée à mon atelier pour remplir mes colonnes. Pitoyable, Arina !

– J'adore Ribon. C'est la première fois que je m'aperçois que je suis un peu décalée. (Je me l'étais déjà dit, mais là, je l'ai vraiment pensé.)

– Mais je serai toujours une fille Ribon. ♥

ET TOI, TU AS LE DROIT DE FAIRE UNE CHOSE PAREILLE ?
TU ES LA MEILLEURE AMIE DE HAINE, NON ?
ELLE N'EST PAS IDIOTE.
ELLE A COMPRIS QUE JE N'ÉTAIS PAS AMOUREUSE DE TOI...
... ET QUE TU AS VOULU LA BLESSER...
... DE FAÇON DÉTOURNÉE.
BTAM
TAC
CETTE CRAVATE...
...

C'ÉTAIT DONC ÇA QUE TU VOULAIS...
HAAH!
HAAH!
HAAH!
HAAH!
HAAH!
...
HAINE
"USHIO."
"JE T'ADORE."

Miaou
TIENS ! HAINE ?
TU NE VAS PAS À LA SALLE DU CONSEIL, AUJOURD'HUI ?
IL N'Y AVAIT PAS GRAND-CHOSE À FAIRE.
ALORS, MAORA M'A DIT QUE JE POUVAIS FAIRE MON PETIT BOULOT.
VRAIMENT ?
BON COURAGE !
NORMAL...

☆ Annonce ☆

Désolée,
c'est de l'actualité
en temps réel.
En 2005,
le magazine Ribon fête
son 50e anniversaire.
Alors, il y aura
de nombreux événements
à travers tout le Japon.
(Il y en a chaque année,
mais là, ce sera spécial).

Il y aura plein de produits
dérivés de "The Gentlemen's
Alliance Cross".
Alors, si ça vous intéresse,
allez dans ces Salons.
Il y en a vraiment beaucoup.
C'est impressionnant.

Osaka : 20 juillet au 25 juillet
Nagoya : 27 juillet au 1er août
Sapporo : 9 août et 10 août
Tokyo : 18 août au 24 août
Fukuoka : 27 août au 28 août

Pour connaître les lieux,
merci de regarder
dans le magazine
ou sur le site Internet
de Ribon.
Désolée,
je n'ai pas les détails.

Je serai
le 22 juillet à Osaka,
le 29 juillet à Nagoya
et le 22 août à Tokyo.
Je vais dédicacer
à trois endroits.
Si vous criez "Arinacchi !",
je vous ferai
un signe de la main.
Alors,
n'hésitez pas à dire
mon nom !

Il y aura même
des cartes d'élèves
de l'Académie
impériale.

C'est
de la synchro !
C'est tout
chaud !

SI C'ÉTAIT MOI QUE TU AIMAIS D'UN AMOUR AUSSI INTENSE...
... JE TE PRENDRAIS TOUT DE SUITE DANS MES BRAS.
SI C'ÉTAIT MOI...
HEIN?

Style Penshaki

Arina a un caillou
au cou

La suite ↓

⑤ C'était beaucoup plus
profond que prévu...

... et l'intervention a duré
plus de 40 minutes !!

Ouiiin !

Il y a eu beaucoup de sang
et on a dû prolonger l'anesthésie.
C'était dur.

Mais, je suis contente qu'on m'ait
enlevé cette protubérance.
Pendant que je suis
en train d'écrire,
j'attends qu'on m'enlève les fils.
Ça s'est un peu affaissé,
le sang de l'hémorragie interne
s'est aggloméré à cet endroit
et mes veines rouges
se voient bien.
Mes amis disent "Aaaargh !!"
en voyant ça.

Il devait y avoir un tournage vidéo
mais j'ai été obligée de le reporter.
Je m'excuse auprès
de mon éditeur,
de mon ex-éditeur
et de l'équipe
de tournage.

On m'a montré
la protubérance
qu'on m'a extraite
(En fait, je ne voulais
vraiment pas la voir.
Mais, quand je somnolais
après l'opération,
ils me l'ont mise
sous les yeux).

Il y avait 2 ou 3 morceaux
de choses toutes blanches
de la taille d'une dent.
(Alors c'était sûrement
des calculs).
Fin.

L'opération était difficile,
mais anesthésiée
et dans les vapes,
je me suis dit :
"Ça fera un sujet
pour le manga."
Ne suis-je pas
un vrai auteur de manga ?

L'EMPEREUR PARTICIPE À L'ASSEMBLÉE DES EMPEREURS.
IL N'EST PAS À L'ACADÉMIE, CET APRÈS-MIDI.
Tu en fais du bruit.
Jeu de cartes : le président.
Hm ?
Hm ?
“L'ASSEMBLÉE DES EMPEREURS” ?
C'EST UN ORGANISME DE GESTION DE L'ACADÉMIE CONSTITUÉ DE TOUS LES ANCIENS EMPEREURS.
AH OUI ? ON RECONNAÎT BIEN LÀ L'ACADÉMIE IMPÉRIALE...
CE SOIR, UN DÎNER EST ORGANISÉ.
Même après avoir quitté l'école, les Empereurs ont du pouvoir.
ÇA, C'EST LA VERSION OFFICIELLE.
EN RÉALITÉ, C'EST UNE OPPORTUNITÉ POUR LES PATRONS ET LES PRÉSIDENTS DE DIVERSES GROSSES SOCIÉTÉS DE SE RETROUVER ET D'APPROFONDIR LEURS LIENS.
Échange de cartes de visite
Discussion
Bonnes transactions
C'EST POUR ÇA QUE CERTAINS VEULENT DEVENIR EMPEREUR, MÊME S'ILS DOIVENT PAYER POUR LE DEVENIR.
IL EXISTE AUSSI UNE FÉDÉRATION DES ANCIENS MEMBRES DU CONSEIL DES ÉLÈVES.
YUKIMITSU Y PARTICIPE AUSSI ?
YUKIMITSU A ÉTÉ DÉCHU, DONC IL NE PEUT PLUS Y ASSISTER.
Ton frère...
Ça lui servira de leçon.

Ah ! はっ
USHIO...
ALLEZ !
TAC かぱっ
OOOOH ! USHIO !
TU ES TOUJOURS AUSSI JOLIE !
JE N'Y PENSE PLUS, TU SAIS.
!
JE VOUS LAISSE. J'AI DU MÉNAGE À FAIRE.
Hiii ! キャー
Je ne sais pas pourquoi, mais je suis gênée.
SALUT !
TAP ちゃっ
DÉSOLÉE...
... DE T'AVOIR MÊLÉE À TOUT ÇA, USHIO.
...

TU AS VOULU ME FAIRE RENONCER À CET AMOUR DIFFICILE ?
POURQUOI ?
PARDONNE-MOI...
C'EST... C'EST IMPRESSIONNANT !!
IL N'Y A QUE DES PERSONNES HAUT PLACÉES DANS DES ENTREPRISES PRESTIGIEUSES.
AI-JE LE DROIT D'ÊTRE LÀ ?
NE SOIS PAS RIDICULE, TÔYA.
UN MEMBRE DES TÔGÛ N'A PAS À ÊTRE IMPRESSIONNÉ.
JE NE PEUX RIEN Y FAIRE.
J'AIME SHIZUMASA.
J'AIME SHIZUMASA, C'EST PLUS FORT QUE MOI.

iL A RAiSON, TÔYA.
Si QUELQU'UN T'ADRESSE LA PAROLE, MOQUE-TOi DE LUi EN DiSANT "JE SUiS SHiZUMASA TÔGÛ."
D'accord ?
TOi, TU POURRAiS TE MONTRER PLUS iMPRESSiONNÉ.
AH OUi ?
C'EST DONC TOi, SHiZUMASA.
TU LUi RES-SEMBLES VRAiMENT BEAUCOUP.
TU ES SÛREMENT UN EMPEREUR ADMiRABLE.
VOUS ME COMPAREZ...
... À MON PÈRE OU À MON GRAND-PÈRE ?
NON...
ON PARLAiT DE KAMiYA...
... DE KAZUHiTO KAMiYA.

C'EST LE PÈRE DE HAINE...
MPF!
C'EST DONC TOI, L'EMPEREUR DES TÔGÛ ?
SON VRAI PÈRE...
IL PARAÎT QUE TU L'AS CHOISIE COMME PLATINE ?
OUI.
TANT QU'ELLE SERA CHEZ LES OTOMIYA, ON NE TE LAISSERA PAS L'ÉPOUSER.

!?
QU'EST-CE QUE ÇA VEUT DIRE ?
DIS À HAINE...
... QU'ON SE VERRA...
... TRÈS PROCHAINEMENT.

Cérémonie de trimestre
Discours de l'Empereur
TÔYA ! SAIS-TU JUSQU'À QUELLE HEURE SHIZUMASA RESTE À L'ACADÉMIE ?
DANS SON EMPLOI DU TEMPS, IL EST PRÉVU QU'IL RESTE DANS SA CHAMBRE PRIVÉE JUSQU'À 19 HEURES.
Euh... ええと
IL DOIT BOUCLER TOUS LES DOSSIERS DE CE TRIMESTRE.
D'ACCORD.
JE DOIS ABSOLUMENT LUI PARLER AUJOURD'HUI !
SINON, JE NE LE VERRAI PEUT-ÊTRE QU'AU TRIMESTRE PROCHAIN.
QUE FAIS-TU ?
UNE PRIÈRE.
Haaah...
すーーっ

TOC TOC
コンコン
OUI.
EUH...
BONJOUR.
Hé Hé !
へへ
JE T'AI APPORTÉ MES BISCUITS FARINEUX.
Voilà !
ARGH !
うっ
Ouiiin !
わぁ～ん
ALLEZ ! COURAGE, MA PETITE !!
LES VACANCES D'ÉTÉ COM-MENCENT DEMAIN !
TU PARS EN VOYAGE ?
NON.
TU RESTES POUR ÉTUDIER ? PEUT-ÊTRE L'ÉCONOMIE, POUR TON AVENIR ?
NON.
ALORS, TU VAS BOUQUINER OU PRENDRE DES COURS DE...
NON PLUS.
DANS CE CAS...

... TU VEUX BIEN...
... M'ACCORDER UN PEU DE TEMPS POUR QUE L'ON SE VOIE ?
HEIN ? MON "PÈRE"?
Itsuki ?
TU FERAIS MIEUX ...
... D'ALLER VOIR TON PÈRE PLUTÔT QUE MOI, NON ?
J'AI RENCONTRÉ KAZUHITO KAMIYA À L'ASSEMBLÉE DES EMPEREURS.
PAPA !?
SAIS-TU QUE C'EST TON PÈRE QUI A CRÉÉ LE STATUT DE "PLATINE"?
TAC

NON...
TOUS LES ANCIENS M'ONT DIT CECI...
... "TU RESSEMBLES VRAIMENT À MONSIEUR KAZUHITO QUAND IL ÉTAIT EMPEREUR DE L'ACADÉMIE."
TU AS PEUT-ÊTRE ENVIE QUE JE T'AIME...
... À LA PLACE DE TON PÈRE, QUE TU DÉTESTES !?
NON...
EST-CE PARCE QUE JE RESSEMBLE À TON PÈRE...
... QUE TU ES TOMBÉE AMOUREUSE DE MOI ?
NON...
BAM !
ばん
NON...

C'EST PEUT-ÊTRE TOi...
... QUi ME REGARDES LE PLUS PARCE QUE JE SUiS EMPEREUR !?

TU LIS ENCORE "L'INOUBLIABL CHANSON DE LA SORCIÈRE"?
TU AIMES VRAIMENT CE LIVRE, HAINE.
OUI, MAMAN.
はっ Ah !
PARCE QUE...
... C'EST LE PREMIER CADEAU...
... QUE M'A OFFERT PAPA.
...
HAI...

C'EST DONC...
...ÇA ?
C'EST PARCE QU'IL RES-SEMBLE À PAPA ?
EST-CE POUR ÇA QUE JE SUIS TOMBÉE AMOU-REUSE DE SHIZU-MASA ?
BTAM
FLOP
JE SUIS PARVENUE JUSQU'ICI PARCE QUE J'ADMIRAIS SHIZU-MASA.
TOUT N'ÉTAIT QUE MEN-SONGE ?
POURQUOI SUIS-JE EN TRAIN DE PLEURER ?

PARCE QU'IL A DIT LA VÉRITÉ ?
バタン
BONSOIR, MONSIEUR.
BONSOIR, MONSIEUR.

EH BIEN...
TU RENTRES BIEN TARD, AUJOURD'HUI.
J'AI DÛ TERMINER LES DOSSIERS DU CONSEIL.
Ha Ha ! はっ
TU ES BÊTE.
JE LE SAVAIS DÉJÀ PAR SENRI.
COMMENT ÇA VA À L'ACADÉMIE...
... "SHIZUMASA"?
TOUT VA BIEN.
JE VOIS QUE L'HÉRITIER DES TÔGÛ N'EST PAS FAIT DU MÊME BOIS.
...
TU N'ES QU'UNE FLEUR ÉPHÉMÈRE.
コツ TAP TAP コツ
PROFITES-EN BIEN, CAR UN JOUR TU VAS TE FANER.

SENRI.
CES DERNIERS TEMPS, TU M'INFORMES MOINS. QUE DEVIENT HAINÉ ?
ELLE VA BIEN.
ELLE MÈNE UNE VIE TRANQUILLE AU SEIN DE L'ACADÉMIE.
IL ME TARDE...
... D'ALLER LA VOIR.
VOUS DEVEZ ATTENDRE D'ÊTRE GUÉRI POUR CELA.
CAR C'EST LE PLUS GRAND SECRET DES TÔGÛ QU'UN DOUBLE VA À L'ACADÉMIE À VOTRE PLACE.
VOUS DEVEZ EN ÊTRE CONSCIENT.

MONSIEUR SHIZUMASA.

JE HAIS SHIZUMASA ...
... COMME CETTE FILLE QUI DIT M'AIMER ALORS QU'ELLE IGNORE...
... QUE JE SUIS UN AUTRE.
JE VAIS LA BLESSER ENCORE ET ENCORE...
... POUR QU'ELLE FINISSE PAR HAÏR "SHIZUMASA".
Chapitre 8 × FIN

the Gentlemen's Alliance Cross
Chapitre 9 × LA PRINCESSE, LE LIVRE ET LE PRINCE

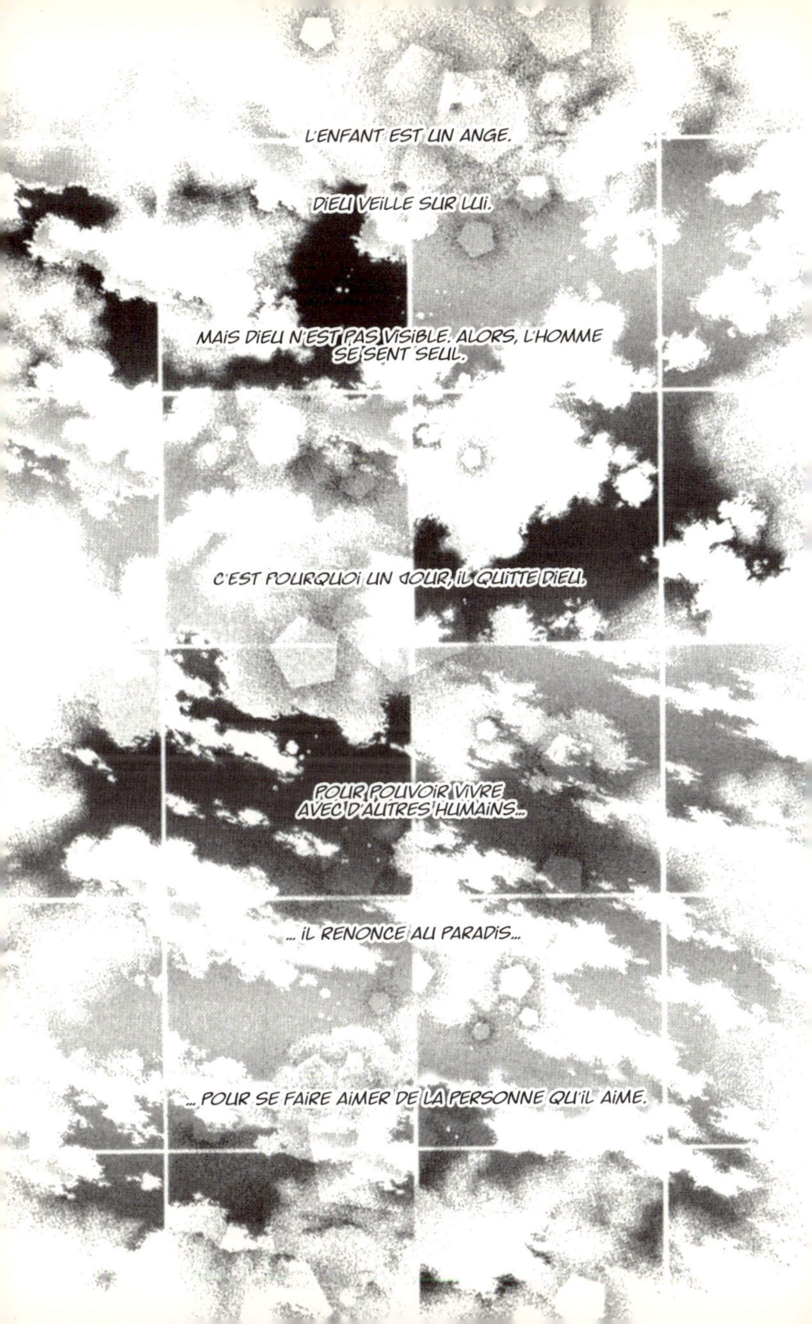
L'ENFANT EST UN ANGE.
DIEU VEILLE SUR LUI.
MAIS DIEU N'EST PAS VISIBLE. ALORS, L'HOMME SE SENT SEUL.
C'EST POURQUOI UN JOUR, IL QUITTE DIEU.
POUR POUVOIR VIVRE AVEC D'AUTRES HUMAINS...
... IL RENONCE AU PARADIS...
... POUR SE FAIRE AIMER DE LA PERSONNE QU'IL AIME.

Chapitre 9 X
La princesse, le livre et le prince

Le teaser

Quand j'étais un ange...

C'est la première histoire sur le passé de Hainékko.
Le texte du monologue du début, ça fait un moment que je le garde au chaud au fond de moi.
Je l'ai utilisé car cela peut être en rapport avec l'histoire.
Avant, j'avais un Dieu qui me protégeait de sa force infinie.
D'autres personnes ont-elles déjà ressenti cela de façon évidente ?
Mais la première fois que j'ai eu un petit ami,
Dieu m'a laissée, ou c'est moi qui l'ai fait partir.
Je me suis séparée de Dieu et suis devenue un être humain.
Aujourd'hui, je ne suis plus protégée et je n'ai plus d'ailes.
Je marche sur le sol. Même si c'est dur, je ne regrette pas de vivre avec les humains.
Désolée, c'est assez abstrait.
Quand j'ai entendu la chanson "Yasashisa ni tsutsumaretanara"
(Si j'étais entourée de gentillesse) de Yumin*,
je me suis dit qu'elle avait compris et qu'elle connaissait ce que j'avais ressenti.
J'ai été très émue.
C'est une chose qu'on comprend, une fois qu'on l'a perdue.

* SURNOM DE LA CHANTEUSE YUMI ARAI.

PFFT !
INUTILE DE VOUS LE CACHER...
TADAAAN
JE VAIS FAIRE UN PETIT BOULOT TOUT L'ÉTÉ !!
Pour me rattraper car je n'ai pas trop travaillé à cause du conseil.
Je vais gagner de l'argent !
CLAP
CLAP
CLAP
CLAP
TAC
J'AI FINI DE MANGER.
Oh !
Hmm...
KUSAME.
KUSAME.

Hé ! Le conseil des élèves du collège ne se réunit pas pendant les vacances ?
Tu veux qu'on joue aux jeux vidéo toute la nuit comme avant ?
Tu veux ?
Pfft !
Il l'ignore totalement.
Grr !
Quoi encore !? Tu es toujours fâché que je sois platine ?
Toi aussi, tu as sûrement une ou deux amoureuses, non ?
J'en ai qu'une !
Arrête !
Tic tac tic tac
Ding !
Alors, tu en as une...
... d'amoureuse ?
C'est toi !! T'es vraiment aveugle !!
Haah !

TAC ぱっ
ARRÊTE DE FAIRE LA GRANDE SOEUR !!
Grr! も―っ
ÇA NE TE REGARDE PAS, HAINÉ !!
ALORS, JE NE PEUX PAS FAIRE LE PAPA ?
Kusame ?
Ni FAIRE LA MAMAN ?
Mon petit Kû...
CE N'EST PAS CE QUE JE VOULAIS DIRE !!
Pourquoi tu t'y mets aussi, maman ?
Kusame est fâché ! Ouiiin !
Oh! あ―
C'EST BON... JE M'EXCUSE !
DEPUIS QUAND AI-JE RÉUSSI À ÊTRE COMME ÇA EN "FAMILLE"?
"C'EST TON ANNIVERSAIRE AUJOURD'HUI."

JE TE L'OFFRE.
LIS-LE.
OH ! UN LIVRE ILLUSTRÉ ?
JE L'AI REÇU LORS DE L'ASSEMBLÉE DES EMPEREURS.
C'EST LE FILS TÔGÛ QUI L'A ÉCRIT.
C'EST LA PREMIÈRE ET LA DERNIÈRE FOIS QUE MON PÈRE M'A OFFERT UN CADEAU EN MAIN PROPRE.
MON PÈRE ÉTAIT QUELQU'UN DE TRÈS DUR.
TOUT LE MONDE ÉTAIT IMPRESSIONNÉ QUAND IL FALLAIT LUI ADRESSER LA PAROLE.
MOI, JE L'ÉTAIS D'AUTANT PLUS CAR J'ÉTAIS CONSIDÉRÉE COMME SON SUCCESSEUR.
J'ESSAYAIS DE NE PAS SORTIR DU MOULE QUE MON PÈRE AVAIT CONÇU POUR MOI.
JE VOULAIS DEVENIR L'ENFANT QU'IL DÉSIRAIT QUE JE SOIS.
JE FAISAIS DE MON MIEUX.

L'inoubliable chanson de la sorcière
Shizumasa Tōgū
MON PÈRE QUI ÉTAIT SI SÉVÈRE M'A OFFERT UN LIVRE.
IL FÊTE LE JOUR DE MA NAISSANCE.
J'ÉTAIS...
... HEUREUSE.
MAMAN...
POURQUOI LA SORCIÈRE A-T-ELLE CHANTÉ ALORS QU'ELLE POUVAIT PARLER ?
ELLE NE VOULAIT PAS ADRESSER LA PAROLE AUX VILLAGEOIS QUI N'ONT PAS CRU EN ELLE ?
JE CROIS QUE...
... LA SORCIÈRE...
... N'AVAIT PAS ENVIE QU'ON L'OUBLIE.

LA SORCIÈRE NE VOULAIT PAS QU'ILS L'OUBLIENT.
MAIS ELLE AIMAIT SON VILLAGE ET VOULAIT PARDONNER À SES HABITANTS.
SI ELLE AVAIT PARLÉ DE NOUVEAU AUX VILLAGEOIS, L'AFFAIRE SERAIT CLOSE.
ILS SE SERAIENT SENTIS MIEUX EN ENTENDANT LA VOIX DE LA SORCIÈRE.
ELLE VOULAIT LEUR FAIRE ENTENDRE LE SON DE SA VOIX POUR LES RASSURER.
C'EST POUR ÇA...
... QU'ELLE A CHANTÉ.

TAP
OH ! HAINÉ !!
FLOP
FLOP
FLOP
C'EST GENTIL... MAMAN...
CETTE HISTOIRE EST PLEINE DE GENTILLESSE !!
OUI.
Fff.
SHIZUMASA QUI A ÉCRIT CETTE HISTOIRE...
... EST SÛREMENT QUELQU'UN DE BON.

CE GARÇON POSSÈDE EN LUI...
... LA GENTILLESSE CONTENUE DANS CE LIVRE QUE J'ADORE...
IL A POURTANT UN AVENIR TOUT TRACÉ...
... ET SA SITUATION EST CERTAINEMENT PLUS PESANTE QUE LA MIENNE...
MAIS IL ARRIVE À SOURIRE DE FAÇON SI RAYONNANTE.
SHIZU-MASA...
SHIZU-MASA...

HAINE EST TOMBÉE AMOUREUSE...
million
... DE TOI.

JE N'ÉTAIS DOUÉE...
... NI AU PIANO, NI EN DANSE CLASSIQUE.
MAIS À CHAQUE FOIS QUE J'ENTENDAIS DES ÉLOGES AU SUJET DE SHIZUMASA...
... CELA ME MOTIVAIT POUR ME DÉPASSER.
UN JOUR...
... J'ESPÈRE...
... QUE MON AMOUR SE RÉALISERA!
MAIS...
UNE FILLE ADOPTIVE !?
CELA FAIT LONGTEMPS...
... QUE JE ME SENS RESPONSABLE DE T'AVOIR MIS TROP DE PRESSION EN TANT QUE SUCCESSEUR.
DORÉNAVANT, TU POURRAS VIVRE PLUS TRANQUILLEMENT...
... ET PLUS LIBREMENT.

Je vous
remercie
✿ de m'avoir lue
jusque-là.

♡ On se
reverra
au volume 3.

Ushio sera
en couverture
du prochain
volume !

Comment
je vais faire,
si je sors
plus de
cinq volumes ?

(Qui vais-je
dessiner
en couverture ?)

Je les choisirai
dans l'ordre
de leur popularité.

Ce sera
sûrement d'abord
le facteur.

Hmm...

C'EST IMPOS-SIBLE.
MAIKA EST ENCORE HOSPITALISÉE. SON ACCOUCHEMENT A ÉTÉ DIFFICILE.
TU POURRAS LA VOIR PLUS TARD.
EMMENEZ-LA.
NON... PAPA !
LAISSE-MOI VOIR MAMAN !
JE T'EN SUPPLIE !!
PAPA !!
GRANDE SOEUR ?
PLUS TARD, J'AI APPRIS QU'IL AVAIT FALLU PLUS DE 12 MILLIARDS DE YENS* POUR REDRESSER L'ENTREPRISE DES KAMIYA.
LES 50 MILLIONS DE YENS** QUE JE LUI AI RAPPORTÉS...
... ÉTAIENT UNE SOMME DÉRISOIRE.
* ENVIRON 101 200 000 EUROS.
** ENVIRON 435 000 EUROS.

HAHA ! CELA FAIT LONGTEMPS QUE JE VIS SEUL.
JE N'AI MÊME PAS DE FIANCÉE.
ALORS, JE SUIS RAVI QUE TU VIENNES VIVRE À LA MAISON, HAINÉ. ♡
TU VEUX...
... QU'ON DORME ENSEMBLE POUR LE PREMIER SOIR ?
MONSIEUR ITSUKI ÉTAIT TRÈS GENTIL. IL SE MONTRAIT ENJOUÉ POUR ME RASSURER.
SA MAISON ÉTAIT VRAIMENT TROP GRANDE POUR UNE PERSONNE SEULE.
MAIS IL L'AVAIT DÉCORÉE SOIGNEUSEMENT ET S'ÉTAIT ENTOURÉ D'OBJETS QU'IL AIMAIT. ON SENTAIT QU'IL N'ÉTAIT PAS MÉCONTENT DE SA VIE DE CÉLIBATAIRE.
J'AVAIS DAVANTAGE CONFIANCE EN LUI...
... QU'EN MON PÈRE ET SES MENSONGES.

PAPA NE M'AIME PLUS ?
EST-CE PARCE QUE JE N'AI PAS FAIT ASSEZ D'EF-FORTS ?
PAPA NE RÉPONDAIT PAS QUAND JE ME POSAIS LA QUESTION EN MOI-MÊME. ALORS, J'AVAIS L'IMPRESSION QUE MES DOUTES ÉTAIENT FONDÉS.
PAPA NE M'AIME PLUS.
C'EST SÛRE-MENT PARCE QUE JE N'AI PAS FAIT ASSEZ D'EF-FORTS.
MÊME SI C'ÉTAIT LE CAS...
... J'AURAIS PRÉFÉRÉ QU'IL ME LE DISE EN FACE.
UNE LETTRE POUR MOI ?
MAIKA
HEIN ?
MAMAN !!
"CHÈRE HAINE, COMMENT VAS-TU ?
J'AIMERAIS VENIR TE VOIR À L'INSTANT MÊME, MAIS KAZUHITO NE ME L'AUTORISE PAS... JE SUIS NAVRÉE."

"MÊME SI CE N'EST PAS POSSIBLE POUR L'INSTANT, JE VAIS CONVAINCRE KAZUHITO DE TE FAIRE REVENIR À LA MAISON.
HAINE...
ATTENDS-MOI."
MÊME SI TU ES LOIN DE MOI, TU RESTES MA FILLE ADORÉE.
MAMAN !
ERR
OUI !
JE T'ATTENDRAI !!
TOUJOURS...
JE T'ATTENDRAI TOUJOURS !
MAMAN ...
JE VOIS...
ALORS, UN JOUR...
... ELLE REPARTIRA.

JE... JE... JE M'APPELLE KUSAME !
MOI, C'EST RYOKUKA.
WAOUH ! ELLE EST BELLE !
T'as assuré, Itsuki !
ENCHANTÉE DE TE CONNAÎTRE, HAINE.
HAHA... J'AI EU LE COUP DE FOUDRE. HAHA...
APPELLE-MOI "GRANDE SOEUR", SI TU VEUX.
KUSAME !
BOBOM
NON ! JE N'EN AI PAS ENVIE !
VOYONS ! MON PETIT KÛ !
NE M'APPELLE PAS "MON PETIT KÛ" !
ET ARRÊTE DE ME GRONDER D'UNE VOIX GENTILLE !
CHOC CHOC CHOC
CHOC CHOC CHOC
MOI AUSSI, J'AI EU LE COUP DE FOUDRE POUR TOI !

"Perinu monogatari"
(L'histoire de Perrine)

J'adore !
En ce moment,
j'en suis vraiment accro.
Love. ♡
♡ J'ai acheté les DVD !
C'était supercher mais je me
suis offert la collection.
(Désolée. ♡
Je suis une fille du peuple.
Alors, j'ai l'impression que
les DVD sont très chers.)

↑ Mais je suis contente
que les films occidentaux
ne le soient pas.

Je m'écarte du sujet.
Mais je me dis qu'un blouson
qui coûte 40 000 yens*,
c'est cher mais
qu'on n'y peut rien.
Alors que s'il s'agit de DVD,
je trouve ça hors de prix
et je renonce à les acheter.
Pourquoi ? C'est un mystère.

Désolée pour cette digression.
J'ai donc dépensé pas mal
d'argent et j'ai acheté
les 13 DVD !!
(Au début, je trouvais ça cher.
Je n'ai acheté que la deuxième
moitié que je voulais voir.
Mais ça m'a donné
envie de tout voir.
Finalement, je les
ai tous achetés...)
Pourquoi suis-je impressionnée
quand j'acquiers une collection
de DVD !
Petite joueuse, va !

Oh ! Je me suis encore
éloignée de mon sujet.
Pour résumer,
ce dessin animé raconte l'histoire
d'une petite fille, Perrine,
qui part avec sa maman
en roulotte de Grèce
jusqu'en France.
Elle se rend à Maraucourt
pour voir son grand-père.
Mais ce riche directeur d'usine
n'a toujours pas accepté
le mariage des parents
de Perrine. Va-t-elle réussir
à se faire accepter
comme sa petite-fille ?
(J'ai beaucoup écourté
mon résumé. Désolée.)

À suivre.

* ENVIRON 340 EUROS.

MAIS MAMAN NE VENAIT TOUJOURS PAS ME CHERCHER. ET ELLE NE M'ÉCRIVAIT MÊME PAS.
!!
TAC
HAAH !
HAAH !
HAAH !
MPF...
HM...
HM...
JE SOUFFRAIS...
C'ÉTAIT SI INSUPPORTABLE QUE JE SUIS SORTIE DE LA MAISON, CE SOIR-LÀ.
HÉ !
J'AI COMMENCÉ À ERRER LA NUIT DANS LES ENDROITS SOMBRES.

"Perinu monogatari"
(L'histoire
de Perrine)
②

L'oeuvre originale* démarre
plutôt à Maraucourt mais
j'ai bien aimé les épisodes
à Paris et les personnages.
J'ai bien aimé aussi
la première partie.

Je vous conseille vivement
ce dessin animé.
Louez-le... ♡

Il existe une version raccourcie
en 90 minutes !
On peut déjà avoir un bon
♡ aperçu de la série !
En DVD, ça va du début à la fin.

Mes personnages préférés
sont Fabri et Rosalie. ♡
(J'adore Perrine aussi,
évidemment.)
En plus, c'est la voix
de Hiromi Tsuru au doublage.

Et j'aime
surtout
Villefran !! ♥♥

C'est le grand-père de Perrine.
♥ Je l'adore.
Haaah... ♥

Ses vêtements
de la 2e moitié
sont très jolis.
Lovely. ♡

* EN FAMILLE, DE HECTOR MALOT.

HAAH !
ハア
HAAH !
ハア
HAAH !
ハア
HM...
AH...
TAC
TAC
Hiii !
NON !
PA...
PARDONNE-MOI !
JE T'EN SUPPLIE !

CLAP
BOIS
CE QUE VOUS ÊTES FAIBLES...
... VOUS AUTRES.
QUELQU'UN...
... PEU M'IMPORTE QUI C'EST...
JE VEUX JUSTE...
... UN ENNEMI À AFFRONTER...
MON COEUR ME FAIT SI MAL.
J'AI BESOIN QUE L'ON ME FRAPPE POUR QUE JE PUISSE OUBLIER CETTE DOULEUR.

TOUS LES SOIRS, JE M'ÉCHAPPAIS DE CHEZ MOI...
... POUR ME BATTRE ENCORE ET ENCORE.
C'EST À CETTE ÉPOQUE QUE J'AI RENCONTRÉ USHIO.
CE SOIR, ON EST SAMEDI. JE PEUX DORMIR CHEZ TOI ?
OUI...
TA FAMILLE NE TE DIT RIEN ?
USHIO NE S'ENTENDAIT PAS AVEC SES PARENTS.
ON SE RESSEMBLAIT. CELA NOUS APAISAIT D'ÊTRE ENSEMBLE.
NON.
ILS NE SE DOUTENT DE RIEN.
ITSUKI EST TROP OCCUPÉ...
... ET RYOKUKA TRAVAILLE AUSSI.
Et Kusame rentre tard.
EN RÉALITÉ, J'AVAIS PEUR QU'ILS DÉCOUVRENT LA VÉRITÉ.
JE N'AVAIS PAS ENVIE DE LES ATTRISTER.

MAIS J'ÉTOUFFAIS À LA MAISON.
C'ÉTAIT PLUS FACILE POUR MOI DE ME BATTRE EN VILLE.
SI J'ESSAYAIS D'ÊTRE UN ANGE...
... LA VIE M'ÉTAIT INSUPPORTABLE.
ALORS, J'AI DÉCIDÉ DE ME SOUILLER.
CEUX QUE J'AFFRONTAIS ÉTAIENT DANS LE MÊME ÉTAT D'ESPRIT QUE MOI.
ALORS, JE POUVAIS VRAIMENT ME LÂCHER.
À CE MOMENT-LÀ...
... JE N'ÉTAIS PLUS SÛRE QUE DIEU AIT JAMAIS EXISTÉ.

ON N'A PLUS BESOIN DE MOI.
PLUS PERSONNE NE CONNAÎT...
... LA PÉRIODE OÙ J'ÉTAIS...
... UN ANGE.
TU ES HAINÉ...
... N'EST-CE PAS ?
ÇA FAIT LONGTEMPS.
TU TE SOUVIENS DE MOI ?

Remerciements

Miaou
Miaou

✿ Riku
✿ Kai

✿ Ranyo (Aerith, moine)
✿ Kayo (Slime, marchand)
✿ Saorin (Ashe, sage)
✿ Asano san (Bianca, ?)
✿ Niki sama (Flan, ?)
✿ Nakamé (Chokobos, moine)
✿ Airi (Shujinko, danseuse)
✿ Hattori ✿ Konako

✿ Société Ammonite
✿ Société Shueisha

✿ Équipe éditoriale de Ribon
✿ éditeur M
✿ éditeur O
x–2
Arina (Yuna, sage.)

Entre ( ), ce sont les noms des personnages qu'on utilise pour "Dragon Quest" et "Final Fantasy" ainsi que leur métier.

JE VEUX DESCENDRE !!
QU'EST-CE QUE TU ME VEUX !?
T'ES QUI, D'ABORD ?
QUOI ?
TU NE T'EN SOUVIENS VRAIMENT PAS ?
Elle ne se souvient pas de moi, Kiriaki.
C'EST POUR ÇA QUE JE TE POSE LA QUESTION !!
TU M'AS POURTANT BIEN DIT QUE TU ÉTAIS AMOUREUSE...
... DE MOI.
Je me le rappelle bien.
JE NE ME SOUVIENS PAS D'AVOIR DIT ÇA À QUEL-QU'UN !!
AH!
はっ
Si...
... JE L'AI DÉJÀ DIT.
...

JUSTE UNE SEULE FOIS...
JE...
... T'AIME !!
... À CE GARÇON.
J'AI LU...
... TON LIVRE...
... "L'INOUBLIABLE CHANSON DE LA SORCIÈRE".
IL Y A BEAUCOUP DE GENTILLESSE...
... ET DE LA FORCE AUSSI.
JE T'AIME !

SHIZUMASA ?
OUI. C'EST MOI.

CE N'ÉTAIT PAS UN HASARD.
À LA PLACE D'UN AU REVOIR...
... DIEU M'A FAIT REN-CONTRER CE GAR-ÇON.
CETTE NUIT...
... IL ÉTAIT VENU ME SAUVER.
The Gentlemen's Alliance Cross 2 × FIN

Le rêve de Hainé
Face au sol
Poupée en bois
J'AI FAIT UN RÊVE TRÈS HEUREUX, HIER.
JE NE M'EN SOUVIENS PLUS, MAIS J'ÉTAIS HEUREUSE.
IL PARAIT QUE SI TU FAIS PLUSIEURS FOIS LE MÊME RÊVE, IL SE RÉALISERA.

the Gentlemen's Alliance Cross
THE GENTLEMEN'S ALLIANCE CROSS
Histoires annexes hilarantes
Maora.
Ce n'est pas Maora.

Le rêve de Maora
HAHA ! TU M'AS BATTU, MAORA.
JE T'ADORE, MAORA.
TON JUS DE FRUITS, MAORA.
Ha Ha !
OUAF !
JE VEUX QUE MON RÊVE SE RÉALISE.
CLING
TU TE FOUS DE MOI ? VOILÀ POURQUOI JE NE T'AIME PAS !!

Le rêve d'Ushio
JE T'ADORE ! ET TOI, USHIO ?
TU AIMES USHIO, HAINE ?
MOI, JE...
SUIVEZ-MOI, JE VOUS DONNERAI DES BOULETTES DE KIBIDANGO !!
JE SUIS UN MOMOTARO QUI NE FAIT QUE PASSER !!
JE T'ADORE ! LA LALALALA !
Ouin !
!!
TAC
QU'EST-CE QUI TE PREND DE BON MATIN, AMAMIYA ? TU AS RÊVE DE MOI DANS UN RÊVE ÉROTIQUE ?
CLAP CLAP CLAP CLAP CLAP CLAP CLAP

Ce manga est publié dans son sens
de lecture originale, de droite à gauche.

Ici, vous êtes donc à la fin.

THE GENTLEMEN ALLIANCE –CROSS-

First published in Japan in 2004 by SHUEISHA Inc., Tokyo
French translation rights in France and French-speaking Belgium, Luxembourg, Switzerland and Canada
arranged by SHUEISHA Inc. through VIZ Media Europe, SARL, France.

7, avenue P-H Spaak - 1060 Bruxelles
3e édition

Dépôt légal d/2009/0086/211
ISBN 978-2-5050-0665-7

Conception graphique : Cynthia Lacroix
Traduit et adapté en français par Misato Raillard
Adaptation graphique : Eric Montésinos

Imprimé en France par Hérissey/Groupe CPI - Evreux

Le rêve de Maguri
HM ? QUOI ? JE SUIS EN TRAIN DE RÊVER ?
MAKURI !
VIENS...
MAORA M'APPELLE ?
VIENS, OKORI-MAKURI !
AGH !!
C'EST MOI, ÇA !?
LE RÊVE REFLÈTE SES DÉSIRS !?
LE RÊVE REFLÈTE SES DÉSIRS !?
Le rêve de Shizumasa
SWIP
ずるっ
← Falaise
AGH !!
はっ
AH !
PFFT !
AH...
OUI...
OUI...
JE VOIS...
BIEN SÛR...